U0074746

悠悠蒼鷹探元朝

文／王文華　圖／L&W studio

審訂／科技部人文社會科學發展中心博士後研究員　洪麗珠

目錄

人物介紹 4

楔子 10

1、大汗三號特使 21

2、值得調查的井 30

3、三大國師下江南 40

4、惡霸馬 52

5、借馬 60

6、借一頭狼出門 70

7、大草原 77

8、紫晶千里馬法會 82
9、欽差大人 88
10、惡霸馬有個藏寶庫 96
11、天鵝湖 108
絕對可能會客室 111
絕對可能任務 123
作者的話 130
審訂者的話 134
推薦人的話 136

人物介紹

機車老師

體型手長腳長，活蹦亂跳像螳螂，原是最受歡迎的熱門樂團主唱，這學期莫名其妙擔任可能小學六年級社會科老師。有人問起：他懂得怎麼教學嗎？嗯，這個問題很好，但沒人在意，因為連校長都變成瘋狂粉絲，只想跟他要簽名照。

潘玉珊

可能小學六年級學生，有一頭暗紅色的頭髮，和一顆永不止息的好奇心。小四那年跟爸爸騎單車環島；小五爬玉山還游泳橫渡日月潭。目前，她把眼光朝向喜馬拉雅山，勤練攀岩和滑雪，只等暑假，她就要立即出發。

畢伯斯

可能小學六年級學生，崇拜蘋果電腦的賈伯斯。多才多藝，除了是陶藝社社長，還幫話劇社用 B-box 做配樂。熱愛可能小學，因此患有嚴重的可能小學畢業生症候群，一想到要畢業了，他就煩惱。

馬可波羅

忽必烈汗三號特使，原本是威尼斯人，來到元朝，見到了忽必烈汗，被他任命出去明查暗訪，調查貪官污吏。他來到江南，在一望無際的草原裡，發現了一株上面有顆粒的「怪草」……

老大爺

富田村的村長。

他一頭花白的頭髮，花白的鬍子，卻在年老時被迫把自己的家燒掉，把全村的人帶到草原住茅草屋，村民只能偶爾回去看看僅剩的一口井，這是怎麼回事呀？

三大國師

胖喇嘛，原名「胖個地瓜」，專精點石成金術，法力高強。

高喇嘛，原名「高兒南瓜」，擅長畫符寫咒，法力無邊。

矮喇嘛，原名「矮你個大冬瓜」，專修降魔伏妖，法力深不可測。

三大國師原是西藏來的聖僧，因為忽必烈汗兩次征日失敗，特派他們到各地建風雨不來臺、辦法會，祈求颱風不要來。為了體諒百姓，國師們有各式代辦業務，只要你有需求，國師們的服務，包君滿意啦。

惡霸馬

富田村的甲主，長得虎背熊腰，蒙古軍能橫掃天下，他的功勞很大。惡霸馬最愛馬，家裡養了幾百匹的駿馬，卻捨不得把馬借人。他有個天大地大的計畫，就是要讓全世界都變成一片大草原，他就可以騎著愛馬馳騁草原，快意江湖。

楔子

「來不及了，來不及了。」可能小學六年級的潘玉珊，裡裡外外跑個不停。

記者會馬上就要開始了，她是經紀人，當然要來來回回的招呼。

且慢！小學六年級的孩子當經紀人？

當然，因為她在可能小學呀。

在可能小學裡，沒有不可能的事——這是可能小學的校訓。

所以，小六的孩子當經紀人，絕對有可能。

今天這場記者會，為的是可能小學的畢業旅行。旅行的出發地在義大利；從南歐義大利啟程，攀爬結冰的高山，橫越酷熱的沙漠，最後到達中國杭州。

在可能小學，連畢業旅行都要別出心裁，不是只有逛逛遊樂園而已。會有這個活動，全因為他們的社會科老師。

可能小學六年級的社會老師，是一位熱門樂團的主唱——機車老師。機車老師覺得一般的畢業旅行太簡單，「我們應該想個主題，邊玩邊學，這樣才有教育意義，你說好不好？」

機車老師的話是說給校長聽的；校長還在思考呢，辦公室外的孩子們卻高舉雙手大喊「耶～」，聲音太大了，嚇走滿樹的熊蟬。

他的計畫是這樣的：這回畢業旅行的主題叫做「跟著馬可波羅遊元朝」。

為了籌措旅費，這群孩子要先開一場記者會，大力宣傳機車老師的演唱會。等到機車老師的演唱會賺了錢，大家就用這筆錢搭飛機去義大利，然後從那邊騎驢子，騎駱駝，騎馬到中國的杭州。

因為是社會科課程的一部分，每個孩子都必須負責一點事情：有的人要召開記者會、設置舞臺音響設備；有的人要負責賣門票和仙女棒、維持現場秩序等。

潘玉珊的爸爸拿出十萬元，「我替女兒付旅費，她就不必這麼辛苦了。」

學校老師還沒拒絕，潘玉珊急著推開爸爸的錢，「一輩子才一次的小學畢業旅行耶，我就是喜歡做這種有挑戰性的事！」

潘爸爸把錢推回去，豪氣的說：「那我買一百張門票，支持你的班級活動。」

有這麼明理的家長，有這麼支持學校的孩子，「跟著馬可波羅遊元朝」一定能辦得轟轟烈烈。

大家都這麼想，但是……

明明記者會現在應該要開始了。

明明攝影機應該要架滿房間，幾十個記者舉著手，急切的問問題。

然而，絕對可能會議室裡空空盪盪，一個記者也沒來。

「我的天哪，他們去哪裡了？」

潘玉珊忙著打電話追蹤。

《很有可能時報》的記者在電話中說：「一頭大象發了瘋，掀翻三輛轉播車，你再等等……」

電話那頭傳來動物的吼叫，「喀」的一聲，電話被切斷了。

「難道記者被……」後面的情節，潘玉珊不敢想像。她緊張，一緊張就啃指甲，啃得指甲喀喀響。

叮鈴鈴，她的手機響了。

是《絕對可能晚報》的記者，「剛才有一頭大象不願意進柵欄，霸佔整條道路，動物園的園長在跟牠溝通了，我看至少還要一小時才能解決。」

剛掛斷電話，電話又來了，這回是《好有可能日報》的記者，他們的車子也被大象堵住開不過來。

然後是《最有可能週刊》、《應該可能報導》……

大家的理由都一樣——不把大象請走，沒把車道清出來，記者一個也來不了。

既然這樣，時間還早，潘玉珊還有空去看看機車老師。

機車老師經常開演唱會，在大家面前表演難不倒他。他正坐在化妝室裡，哼著歌翹著二郎腿，任由服裝師、造型師和化妝師替他打扮——這些事當然也是六年級的孩子一手包辦。

潘玉珊看看手上的題目板：「老師，記者會延遲一小時，我們還有時間複習一下這回畢旅記者會的Q&A。」

機車老師閉著眼，化妝的同學正在幫他黏假睫毛。他懶洋洋的跟潘玉珊說：「這不是考試，你別擔心。」

潘玉珊是個負責任的經紀人，她堅持：「還是複習一下比較好。請問老師，可能小學的畢業生為什麼要跟著馬可波羅遊元朝？」

「啊，因為厚……因為上課有提到，啊小朋友……」機車老師的眼皮動得厲害，看來，他是澈底忘光光。

潘玉珊提示：「老師，你要說因為當年馬可波羅到了中國，促進東西方文化的交流，你想帶我們體驗八百年前那場文化交流的盛會啊。」

「對對對，你說的對極了，就是文化交流的演唱會嘛。」機車老師閉著眼睛，根本沒看到潘玉珊的眉頭皺得有多深。

「是促進文化交流的畢業旅行。」潘玉珊嘆了口氣，繼續問：「那麼馬可波羅和可能小學有什麼關係？」

「當然有關係。我們校門口有一家馬可波羅義大利餐廳，美味極了。對了，它的冰淇淋和披薩也很好吃，真正從義大利進口的哦～」

潘玉珊幾乎不抱任何希望了：

「老師……你要說馬可波羅曾經到中國，曾經在忽必烈汗手下當官；

我們的畢業旅行就是要跟著他的路線走一遍。你一定要提到畢業旅行，這樣大家才會來買票支持。」潘玉珊揚揚題目板，「老師，你到底有沒有把這張記者會十八條重點背起來？」

「背？」機車老師坐直身體，張開眼睛：「別急，我本來就打算化好妝再來讀。這樣吧，你先去看看記者會布置得怎麼樣。還有一小時，我隨便讀讀。這麼小型的記者會，絕對沒問題。」

潘玉珊還能怎麼辦呢？

她急如星火的衝回記者會現場。會議室裡的椅子擺好了，臺上的桌巾鋪好了，兩支麥克風充飽電了；但是，會議桌上……

「畢伯斯，飲料呢？」她大吼。

畢伯斯是她的同學。他們一起上過可能小學的超時空課程，去過戰國，闖過東漢，還曾經在北宋遇過包青天。這回他負責擺飲料和印海報。

「我等一下就去搬！」渾身髒兮兮的畢伯斯說。

「停——海報呢？」潘玉珊急得直跳腳，「那張印了大標題和畢業旅行路線圖的海報，怎麼沒有拿來做背景？」

「啊……因為，昨天海報輸出機壞了。」畢伯斯擦擦額頭上的汗；今天早上他已經跑了不少地方，搬了很多東西，例如椅子，桌子和音響。

潘玉珊還是不滿意：

「既然昨天就知道壞了，你為什麼沒有馬上處理？昨晚不睡覺都應該要把它做出來。」

「我以為今天早上一定可以弄好——不然，」畢伯斯對美術有天分，「我用麥克筆畫，你給我兩個小時，我給你一張超棒的海報，絕對沒問題。」

「問題可大了……」潘玉珊絕望的說：「時間根本不夠呀。」

「怕什麼呢？」

門口有個人說話，是完妝後的機車老師：頹廢的重機妝，滿頭亂髮；招牌黑皮衣，背著電吉他，長手長腳的模樣，看起來像一隻活生生的螳螂。

他給潘玉珊一個很鎮定的微笑：

「地圖室裡有張馬可波羅東方行的路線圖，現在去拿來當布景，時間絕對夠。」

潘玉珊拔腿就往外跑。

機車老師看看畢伯斯，「畢伯斯，我的氣泡水加冰塊呢？」

「啊？」畢伯斯愣了一下，「什麼雞塊泡冰？」

機車老師把音量加重：「氣泡水加冰塊，你沒拿來，我立刻取消演唱會！」

畢伯斯想起來了，潘玉珊的記者會十八條重點裡有這一條：機車老師只喝北歐進口的氣泡水和南極運來的冰塊，「對對對，氣泡水加冰塊。」

不過，他跑出去卻又折回來：「老師，要去哪裡搬氣泡水呀？」

「你不知道，去問潘玉珊。」機車老師很機車的補了一句：「如果沒找到地圖和氣泡水，我看你們就別回來了。」

1 大汗三號特使

地圖室，在地下三樓停車場裡最偏僻的角落。

可能小學的地圖室很奇妙，他們常在這裡遇到怪事。

這裡的地圖會動，地圖裡的雪還會飄到外面；畢伯斯和潘玉珊甚至曾從地圖室跑進戰國、東漢和北宋。

「這回……」畢伯斯站在地圖室的門口，遲疑了一下，他真的很．擔．心。

潘玉珊可沒空想這麼多；演唱會十萬火急，一分鐘都耽擱不得，她搶先打開門，一腳跨進地圖室，「馬可波羅東方行的地圖在架上數來第三排，你要……」

話還沒飄離嘴巴，一股輕微的電流從腳趾頭傳到頭皮；潘玉珊愣了一下，回頭望著畢伯斯。

畢伯斯也正看著她。

四周靜悄悄；一切好像都一樣，也好像有哪裡不一樣。

等他們定下神，抬頭望著地圖室時，咦……地圖室裡什麼都沒有了。

說什麼都沒有也不對，因為他們發現，自己現在正站在一片草原上。

一望無際的大草原上，藍天高高，白雲飄飄，乾燥的空氣，靜止不動的風。

「這裡是哪裡呀？」畢伯斯眼睛瞪得很大，「怎麼完全看不到房子和人呢？」

對，這不可能呀。

但是，在可能小學裡，沒有不可能的事。所以，他和潘玉珊互相看了看，兩個人很有默契的回頭……

剛剛走進來的門，消・失・無・蹤。

「那……我們來到了哪一朝呢？」他們同時看看自己——不知道什麼時候，他們的手錶不見了，運動鞋不見了，身上套著不知名的古裝。

潘玉珊緊握在手裡的十八條記者會Q&A也消失無蹤。

她慘叫一聲：「糟糕，我們的記者會……」

潘玉珊是經紀人，她得趕回去；記者要來了，機車老師要上臺了，千頭萬緒的事，怎麼辦呀……

「你想回去，得先找到地圖。」畢伯斯記得，他們每次回到古代，都得找到一張地圖才能回到可能小學。

這個大草原，上哪兒找地圖？

他們東張西望，地平線遠方，有個黑點在動；黑點動得快，漸漸變成一個人。那是個又高又瘦的叔叔，正朝著他們走過來。

他走得好快，畢伯斯好像只眨了一次眼，叔叔就站在他面前，露出黃黃的大板牙對著他笑。

他的鼻子很高，皮膚很白，明顯是個外國人。

「A……」

畢伯斯很少面對外國人，不知道該說哪一句英語好。情急之下，他脫口而出：「Happy Birthday。」

話一說出口，他才想起來，這是在祝人家生日快樂。

「噓——」長手長腳的叔叔看看四周，這才壓低音量問：「你是哪裡來的人，說的是哪一國的話？」

一個外國人說中文？

畢伯斯很好奇：「你又是從哪兒來的？為什麼你會說中文？」

「噓～」叔叔把臉湊近他，「兩位小朋友為什麼在這裡，你們要去哪裡？你們想要做什麼？」

潘玉珊看他長手長腳，說話時手舞足蹈的樣子，簡直就跟……跟機車老師一樣。

一想到機車老師，她就覺得這個叔叔好親切：「叔叔，我是潘玉珊，他是畢伯斯，我們要怎麼稱呼你呢？」

一聽到要問名字，怪叔叔激動的把手指放在脣上，「噓～我是大汗的特派使者馬可波羅，我奉命出來明查暗訪，不能告訴你們我的名字，懂不懂？噓～」

「你是馬可波……」潘玉珊興奮的跳了起來。

怪叔叔急忙把她拉下來，「唉呀，我又說溜嘴了。噓～小姑娘，你別把我的名字說出去。」

「你……你是威尼斯人，從義大利來中國十幾年……」這下子連畢伯斯也激動了，「元朝？我們來到元朝……」

怪叔叔伸手摀著畢伯斯的嘴巴：「噓～別激動，大汗派我來明查暗訪。明查暗訪懂不懂？你們叫這麼大聲，就不能明查暗訪了。」

畢伯斯掙脫他的手：「你長得就是外國人的臉，不管走到哪兒，大家都看得出來呀。」

「那怎麼辦呢？」

潘玉珊替他把衣袖拉長，用帽子套著頭，「低頭走路，別亂說話，維持低調，你才能暗中調查嘛。」

「對對對，維持低調才能暗中調查。」怪叔叔點點頭。

話才剛說完，這位叔叔突然趴到地上，研究起草來了。

「你在看草？」畢伯斯說：「草有什麼好調查的？」

叔叔把草拿來聞一聞：「怪怪的。」

「是味道嗎？」潘玉珊問。

「噓～」馬可波羅又把草放進嘴裡嚼一嚼。

「這是……」潘玉珊問。

馬可波羅用一種很正經的口氣說：「這裡應該長稻，不該長草。」

畢伯斯忍不住笑了：「它是草，愛長哪就長哪，還要叔叔你來查？」

「長在草原沒問題，長在稻田就大大有問題。」

畢伯斯問：「什麼問題？」

馬可波羅用手遮著陽光：「草不能長出大白米，這就是問題……噓～」他突然側著耳朵，聽了聽：「有人來了。」

馬可波羅

元朝時，中國曾經來了一個著名的商人——馬可波羅。

馬可波羅十七歲那年，第一次跟著父親與叔叔到中國。十七歲的他對東方的事物充滿好奇，並表現出極大的興趣。他到了中國，有幸見到忽必烈。忽必烈聽他講來時的經歷，覺得他口齒清晰，講話井井有條，對他很重視，便派他去各地工作。回到大都後，馬可波羅總會告訴忽必烈各地方有趣的事情。

來中國一段時間後，馬可波羅開始懷念家鄉威尼斯的一切，他幾次向忽必烈請求，讓他能離開蒙古返回家鄉。但忽必烈喜歡馬可波羅，希望把他留在身邊，總不肯答應他的請求。幸好，機會來了。西元一二九一年，忽必烈準備將一位蒙古貴族女性賜婚給伊兒汗國國王。馬可波羅爭取到這次的機會，陪伴這位貴族姑娘，從大都雇了船，輾轉由水路到了伊兒汗國；完成任務後，他終於回到朝思暮想的威尼斯。

馬可波羅回到故鄉，卻在對熱那亞戰爭中成了俘虜。在監獄期間，他向獄友描述在亞洲的旅遊經驗。獄友出獄後，將馬可波羅的故事寫成書，這就是後來有名的《馬可波羅遊記》。

西元一二九九年，威尼斯打了勝仗，馬可波羅被釋放了。他回到威尼斯之後又繼續經商，很快就成為富有的商人。他捐錢給其他的探險家，但卻再也不離開威尼斯了。

馬可波羅是很早到達遠東地區的歐洲人之一。他對地理和政治的觀察和描述都很仔細；由他眼中看出去的遠東文化、宗教和風俗對歐洲人來說是新奇的。馬可波羅的旅行，後來影響了歐洲地圖的製圖觀念，也激勵了哥倫布和其他的探險家到遠東的渴望。

2 值得調查的井

草原上，數不清的紅蜻蜓飛舞。一群人像條長龍跑過來。

有男有女，有老有少，手裡都提著一個木桶。

帶頭的是個老大爺，花白的頭髮，花白的鬍子。

馬可波羅抬起頭，比個「噓」，自言自語的說：「怪怪的，得跟著去看看。」

老大爺年紀大，跑起來卻很快，經過他們身邊時，馬可波羅急忙把頭低下。

那群人連停也不停，喘著氣，跟著跑過他們身邊。

潘玉珊拉住一個灰衣服的姑娘，「請問，你們要去哪裡呢？」

灰姑娘掙脫她的手，不理她，繼續追著人龍。

「他們到底要去哪兒？」潘玉珊很不解。

「說不定他們是要去挖寶藏。」畢伯斯猜。

馬可波羅催著他們：「跟上去，看明白，探得什麼不法的事情，我立刻回去稟報大汗。」

馬可波羅手長腳長，他跟在隊伍的尾巴跑，肢體看起來不太協調。

潘玉珊的好奇心重，她也追上去。

「前面有什麼呢？」她問自己。

她想：「可能是個養鴨場，大家提水桶去撿鴨蛋？」

她又猜：「也可能是這個村子在辦水桶馬拉松賽跑？」

「還是，」潘玉珊好興奮，「前面有人發禮物，這才需要提著水桶快跑。」

愈想愈有趣，潘玉珊愈跑愈起勁。

可憐的是畢伯斯，他最討厭跑步了：「這種漫無目的的跑有什麼好玩的呢？」

他跑得很掙扎，好幾次停下來，喊著：「等等我嘛……」

潘玉珊不肯停下來，她怕去晚了，搶不到禮物，「古人發的東西，拿回可能小學就變古董了耶。」

畢伯斯還能說什麼呢？他只好擦擦汗，跟著往前跑。

幸好，再長的路，只要一直跑下去，總能跑到終點。

終點還是在草原上。

畢伯斯抵達時，大家正圍成一個圈。那裡看起來跟其他地方一樣，天寬地闊，地上除了草還是只有草。

圓圈中央，草皮被人掀開，底下有塊圓型的木板；拿起板子，眼前出現……

「井？」潘玉珊不敢置信，跑這麼遠，就為了看一口井？

馬可波羅按著她的手，又比了一個「噓」。

井不大，跳出幾隻青蛙，井水映著藍天和白雲。

「啪」，一個木勺打破藍天。老大爺舀了一勺水，喝了一口：「甜！還是富田村的水最甜。」

「我也喝一口。」

「我也要。」

潘玉珊和畢伯斯跑了半天也渴了；他們沒帶水桶，只能舔舔嘴脣。老大爺好心，分了一勺水給他們。

「喝喝看，我們富田村的水，遠近馳名的甜喲。」

「這裡叫富田村？」潘玉珊的勺子停在半空中，「看不到田呀。」

「你們為什麼要把井藏起來呢？」畢伯斯問。

老大爺正想回答他，有個粗魯的人一把搶過潘玉珊手裡的勺子，咕嚕咕嚕灌下半勺子的水，這才用袖子擦擦嘴巴，心滿意足的說：「唉呀，好清甜。」

潘玉珊雙手扠著腰說：「你這人真是沒規矩，喝水不排隊！」

那人穿著打扮像書生，口氣卻像流氓，他瞄了潘玉珊一眼說：「你這下等的小姑娘，要是惹得大爺我不開心，連水也別想喝。」

潘玉珊不服氣：「你說我是下等人？」

她想衝上前去，卻被人一把拉住——是老大爺。

「秀才大人，她不是我們富田村的人。」老大爺說，「您別跟她一般見識。」

秀才得理不饒人，繼續說：「那我要不要排隊呀？」

老大爺再幫他舀了一勺水：「當然不必，您永遠排最前頭。」

秀才得意的把水接過去，故意看看潘玉珊：「我如果多喝一瓢？」

人們搶著說：「十瓢也行。」「您肯喝富田村的水，那是看得起我們

哪。」

秀才的勺子停住了，他說：「我家裡的水缸……沒水了。」

老大爺拍著胸脯：「我們全村老老小小排隊替您挑水去，保證您家裡的水缸天天滿。」

「對對對，保證天天滿。」一個老大娘說。

「要喝多少有多少。」幾個小伙子說。

秀才滿意了，把勺子丟還給老大爺，說：「既然這樣，我就不跟馬大人說你們偷偷藏了一口井想造反。」

「造反？」老大爺雙手一攤，「我們哪敢呀？」

「對呀對呀，我們都是善良的百姓。」眾人大聲的解釋。

「您大人有大量，千萬別跟我們的達魯花赤——惡霸馬大人說呀。」

秀才看看他們，食指在大家面前搖了搖：

「你們這麼說，好像我在威脅你們似的？」

一個老大娘說：「您是愛我們，哪會威脅我們呢？」

另一人搶著說：「能被您威脅是莫大的榮幸呢。」

「等一下，你們是怎麼回事？」潘玉珊快氣瘋了，她拉著秀才的衣袖：「你是個讀書人，卻這麼無恥……」

她話還沒說完，被人連拖帶扛請到後頭。老大爺為難的說：「小姑娘，求求您，別再跟他吵了，咱們不能跟他吵架呀。」

「為什麼？」

老大爺的神色很慌張：「你被太陽晒昏頭了嗎？惡霸馬大人如果知道我們偷偷藏了一口井……」

畢伯斯擠進人群裡問：「就只是一口井呀。」

「這井呀，絕對不只是一口井，」老大爺偷偷的說：「你們年紀小，不懂事。惡霸馬大人有個夢想，他要把這裡變成草原；他不讓我們種田，規定把全部的井統統填平。」

「變草原？」

「封井？」

眾人點頭，「如果草原上有一口井，會害得惡霸馬大人的愛馬摔跤。」

風吹草低，景色很美，潘玉珊問：「在這裡騎馬放羊不錯呀，為什麼不能留了草原也留下井呢？」

秀才推開人群，走到她面前：「還是小姑娘懂事，把江南稻田變成草原，該是多美呀！」

馬可波羅聽了搖搖頭，順手拔了根草在嘴裡嚼。

畢伯斯覺得好玩，也學他拔了根草來吃。

甜甜的，澀澀的，嚐起來跟其它的草一樣。他想問馬可波羅這麼做的原因，馬可波羅卻低著頭，似乎在思考著什麼。

稻田變草原

蒙古人是游牧民族，他們的生活習性是「逐水草而居」，帶著成群的牛、馬、羊跟隨水源和牧草去放養。當蒙古人來到中原地區，他們很難接受漢人耕田的生活方式：蒙古有臣子主張，要讓大片的良田荒廢，變成牧場好放牛羊。

幸好，當時有個名叫耶律楚材的宰相，他勸大汗：「如果讓百姓種田，可以收到更多稅金。」收稅金就是收錢；白花花的銀子讓大汗開心，這才勸阻了蒙古人把田地變成牧場的想法。

耶律楚材被後人尊稱為北臥龍，名聲直追三國的孔明。耶律楚材是契丹族後代，他從小就很聰明，讀了很多書，學識淵博；後來跟隨成吉思汗打仗，一路做到了宰相。

成吉思汗在行軍之前，都會請耶律楚材先占卜得失；他所預測的事情都能在事後應驗，所以得到成吉思汗很大的信任。

蒙古軍隊攻打汴梁時，由成吉思汗的兒子窩闊臺帶領，他們遇到金人的頑強抵抗。在蒙古軍隊獲勝後，有武將為了報復金人，主張放火把整座城燒了，把老百姓殺光。耶律楚材向窩闊臺進諫：「您用兵的目地，只為了獲得土地與人民。如果殺光了全城的人，您得了土地而無百姓，又有什麼用呢？」

窩闊臺覺得有道理，這才放棄屠城的想法，保住了一百多萬人的性命。

3 三大國師下江南

喝完了水，秀才站起來，拍拍肚皮：「嗯，別忘了，你們每天要提十桶水到我家。」

「一定，一定。」老太爺說：「您是尊貴的秀才大人，為您服務是我們的榮幸。」

「那我們呢？」三個喇嘛從外頭擠進來，一高一矮，另一個帶頭的是個圓滾滾的胖喇嘛。他笑嘻嘻的走向秀才，拿走勺子，咕嚕咕嚕喝了大半勺，擦擦嘴，打了個長長的飽嗝。

秀才想抗議，被胖喇嘛瞪了一眼，話又縮了回去。

「好水，請我們師兄弟嚐嚐。」胖喇嘛看著他，「行嗎？」

「行……行。」秀才有點結巴，「你們是……」

矮喇嘛翻了翻白眼，高喇嘛提起秀才的領子，秀才像肉粽一樣被他提在半空中，卻連動也不敢動。

「我們是大汗御封三大國師……」高喇嘛說到這裡，把手一鬆，秀才「砰」的一聲跌到地上。

畢伯斯想，秀才一定會很生氣，甚至衝過去跟他們拚命。

沒想到，秀才卻趴在地上問：「三位真的是國師？」

高喇嘛一腳踩上他的背，矮喇嘛把臉湊近了說：「你聽過八思巴嗎？」

「聽過，聽過。」秀才討好的說：「那是忽必烈汗親封的國師。」

胖喇嘛把他拉起來說：「八思巴大師是我們的師父。」

「唉呀，果然是三位國師大駕光臨，請請請，」秀才急忙討了勺子，推開一群人，搶著舀來清水，「國師，請用水。」

高喇嘛喝了一口，把勺子丟給他，秀才笑嘻嘻的接住，回頭卻命令畢伯斯：「再舀再舀，沒看見國師要喝水嗎？」

畢伯斯動作慢了一點，秀才踢了他一腳，痛得畢伯斯齜牙咧嘴。

矮喇嘛大搖大擺走到老大爺面前。他的身高不高，站起來還比畢伯斯矮了一個頭，但是他的眼睛特別大。

這雙大眼睛，正把老大爺從頭到腳打量一番：

「你是村長？」

老大爺被他看得心裡發毛：

「對對對，我是富田村村長。」

矮喇嘛直盯著他：「風雨不來臺建好了嗎？」

「風雨臺？」

胖喇嘛拍拍村長的臉頰：「是『風雨不來臺』，我們要用來作法的臺子。」

「記……記得，前幾天有命令，說每一村都要搭風雨臺。」

「是『風雨不來臺』，」矮喇嘛不耐煩，聲音尖了起來：「我們來的路上，可都沒看見臺子。」

「因為……因為……」

老大爺支支吾吾的，說了老半天也講不清。

畢伯斯偷偷的問：「什麼是風雨不來臺？」

秀才正在整理衣冠，他聽了，把帽子擺正，這才說：「大汗有命令，四海建高臺，不來風，不來雨，祈求大汗征日成功。」他說完，拍拍鞋上的泥後，回頭朝著矮喇嘛問：「國師，我說的對不對？」

胖喇嘛點點頭：「對，你說得對極了。」

秀才一聽，更得意了。

潘玉珊扯扯秀才問：「你剛才念那一長串，又是什麼意思呀？」

秀才連忙把她的手拍開，怕剛整理好的衣服又亂了；他沒好氣的說：「成吉思汗西征，打遍天下無敵手，建立了一個偉大的帝國，有沒有？」

「有嗎？」畢伯斯搔搔頭。

秀才搖頭苦笑：「你要說『有』，這樣我才好往下說。」

畢伯斯立刻接話：「有有有，有史以來最偉大的帝國。」

「只是忽必烈汗派的攻日遠征軍，卻連吃兩次敗仗。」

潘玉珊不相信：「日本有那麼厲害？」

她的聲音太大了，馬可波羅想叫她小聲一點都來不及；矮喇嘛走到她面前，仰著頭，用他的大眼惡狠狠的看著她說：「不是日本厲害，是大汗的遠征軍碰上颱風。」

矮喇嘛個頭比她小，但是當他瞪著潘玉珊時，她還是嚇得退了一步。

畢伯斯急忙岔開話題：「所以……你們要來搭個什麼風雨臺？」

「不是我們，是大汗。」矮喇嘛雙手扠著腰說：「大汗要蓋的是風雨不來臺，我們三大國師要登臺施法……」

胖喇嘛用肚子當成大鼓，他拍拍肚皮說：「颱風遠去，大軍勝利。」

畢伯斯學過自然，懂得氣象，他說：「夏天颱風多，請大汗避開夏季，選春天去打仗吧。」

潘玉珊還建議：「秋高氣爽的日子更好，我下回爬玉山，就打算在秋天出發。」

矮喇嘛冷笑：「小小年紀，假裝懂什麼天文地理，別在旁邊瞎說。」

潘玉珊抗議：「那是氣象知識，你只要每天看電視新聞……」

矮喇嘛不讓她把話講完，搶著說：「小小颱風，有何能耐？我們三大國師一出手……」

「颱風遠去，大軍勝利。」胖喇嘛拍拍肚皮，咚咚作響。

畢伯斯忍不住問：「你們會趕颱風？」

三個喇嘛異口同聲：「當然！」

潘玉珊有疑問：「但是，颱風要怎麼趕呢？」

矮喇嘛把勺子一扔，兩手一拍：「小姑娘沒見識，我們的本領高，念經作法，搖旗祝頌。」

胖喇嘛身形像個彌勒佛，動作卻很靈活，他手舞足蹈的說：「雲闊天清，風平浪靜，大汗遠征日本，必定成功。快快快，你們快搭臺，別誤了大事。」

他說到最後一句，全身停住，等了半天，卻只有秀才一個人鼓掌；掌聲稀落，他尷尬的站起來：「你們還不走？」

「去哪裡呀？」富田村的村民們問。

矮喇嘛用盡全身力氣，大吼一聲：「搭臺子呀！」

「對對對，搭臺子。」

這一大幫人又排起了長龍，無聲的向後轉。

最興奮的是秀才，對著眾人又推又打，彷彿他也是個國師。

成吉思汗西征

歷史上曾經出現過一陣可怕的馬蹄聲，聲響來自蒙古草原——成千上萬的蒙古騎兵，他們發出興奮的吶喊，張弓射箭，由東向西打敗許多國家。

統領這支騎兵的是成吉思汗，他原來的名字叫做鐵木真。

鐵木真的父親，本是草原上一個部落的首領。

草原民族的戰鬥力很強，可是不團結，有上百個部落就有上百個意見，部落之間經常打仗。鐵木真九歲時，父親就是被敵對部落殺死的。

為了躲避敵人追殺，鐵木真帶著族人躲進山溝，慢慢培養實力。鄰近部落的人知道他的公正與勇猛，紛紛過來投靠他。他花了很長的時間，終於統一了蒙古各部落，被大家尊稱為「成吉思汗」。

「汗」是一種尊稱，類似「皇帝」、「國王」的意思；而「成吉思」有「偉大的」含義，「成吉思汗」翻成現代的用語，就是尊稱他是個偉大的君王。

蒙古族統一了，成吉思汗開始進行一連串的征伐：

他向南攻擊金朝，並派出二十萬大軍攻擊西方的花剌子模。蒙古軍快如閃電的攻擊戰術，配合戰馬的衝鋒，很快就把蒙古勢力擴展到俄羅斯東部，建立一個龐大的帝國。

最後，他的眼光又落回南方。攻擊西夏時，成吉思汗受了重傷，他在病床上仍不忘告訴將領們，要持續攻擊金朝，恢復蒙古人的驕傲。

成吉思汗死後，他的兒子窩闊臺按照他的遺囑，包圍金朝的京城，在西元一一三四年消滅金朝，完成他最終的遺願。

蒙古三次西征，把中國的發明如火藥、造紙術、印刷術、羅盤等傳到西亞及歐洲等國；同時也將西方的天文、醫學、曆算等傳入中國。由此可見，蒙古西征確實對中國歷史有極深遠的影響。

成吉思汗圖像

忽必烈

元世祖忽必烈是成吉思汗的孫子。他聰明又細心，珍惜人才，廣聽諫言。為了爭奪統治者的寶位，他必須和兄弟互相攻擊。但是他成功登上皇位後，帶給蒙古更多的建設，擴張了蒙古的版圖。

在他的領導下，蒙古大軍長驅直入，滅掉南宋，建立元朝。

忽必烈是少數重視漢人文化的統治者。他決定把國號稱做「元」，就是來自《易經》裡的「大哉乾元」這句話，意思是希望國家「跟天空一樣廣大」。

消滅南宋、建立元朝後，他並沒對漢族展開屠殺，反而敞開胸懷去認識、接納其他族群的文化；或許就是這樣的胸襟，才能讓他的國家版圖不斷的擴大。

忽必烈治理國家的本事，是蒙古所有大汗之中最好的。他雖然來自游牧民族，但十分重視農業的恢復和發展；他實行「以農桑為本」的農業政策，發展農業生產，讓飽受戰爭摧殘的人民，有了喘息的機會。

在他主政之下，元朝的經濟迅速的恢復；商業繁榮、對外交往頻繁是這個時代的兩大特點。威尼斯人馬可波羅是這一切的見證。

忽必烈汗圖像

忽必烈遠征日本

十三世紀，蒙古大軍像颶風橫掃全球，先後征服金國、西夏、花剌子模以及俄羅斯。當時人們所能想到的陸地，幾乎都變成蒙古帝國的領土。

當忽必烈打敗朝鮮，知道海峽對面還有個日本，他很興奮，要求日本天皇派使臣到元朝。但是，不管去了幾次使臣，日本就是不肯向他稱臣納貢。

忽必烈憤怒了。他在西元一二七四年，派出九百艘戰艦，第一次攻打日本。初期的戰事很順利，他們也佔領了幾個小島，只是打到一半，來了一場罕見的颱風。蒙古軍沒遇過這種天災，他們的船艦被吹得七零八落，只剩少數人安全回來。

日本人喜出望外，認為這是上天保祐，全國展開大規模拜神運動，將這場颱風稱為「神風」。當時，日本人判斷，忽必烈一定會捲土重來；為了加強海防，他們沿著港口修築了一條高約兩公尺、寬約三十四公尺的海岸長城。

七年後，忽必烈果然再次派出大軍和幾千艘軍艦，向日本進攻。日本頑強抵抗，善於野戰的蒙古軍一直討不到便宜；更巧的是，那次又來了颱風，蒙古軍再次受到沉重的打擊，幾十萬大軍大敗而歸。

這兩次失敗，讓忽必烈明白一個道理：世界上真的有蒙古人征服不了的地區。

蒙古人打仗的特色：一個是很能吃苦，另外一個是機動性非常高！可是，在海上遇到颱風的時候，這兩項特長都沒有機會發揮！

4 惡霸馬

一腳高一腳低，這片草原高高低低。

畢伯斯不小心，「咚」的一聲被草絆倒；他爬起來，身上還有根長長的草。

畢伯斯把草拿起來，正想丟掉，卻發現這草怎麼結了穗，倒像是……

「這是稻子，」馬可波羅瞄了一眼，「嗯，得好好調查的稻子。」

稻子應該種在田裡，現在卻像棵野草。

或許是缺水，這株稻穗上的穀子都營養不良。

潘玉珊跑到老大爺身邊問：「你們把稻子當成野草？」

「不是我們，是他們。」老大爺解釋。

「誰呀？」

「惡霸馬呀。」老大爺說：「那個惡霸馬以前是將軍，聽說打仗時很厲害，他還當過什麼千戶長、萬戶長的，現在是這裡的達魯花赤。」

「什麼是打滷花枝？」畢伯斯不懂。他吃過大滷麵，難道是在麵裡加花枝？加了花枝的麵跟當官有什麼關係？

「不不不，蒙古人把朝廷任命的地方首長，統統稱做『達魯花赤』。我們這裡都歸惡霸馬管，他想幹什麼就幹什麼。」

潘玉珊問：「所以，他想把稻田變成草原？」

「不止呢。自從惡霸馬來了以後，他作威作福，河裡的魚是他的，草原上的兔子也是他的。不管他叫我們做什麼，我們都要趕快去做；要是不聽話，就等著挨鞭子！」

老大爺的話，惹得人群裡傳來一陣陣啜泣的聲音。

「你們可以逃走呀。」潘玉珊說。

「能逃哪裡去呢？」老大爺搖搖頭，「我們原本的瓦房得全部拆掉，全村搬到不妨礙他騎馬的地方；原來的富田村也就只剩下那口井了。」

畢伯斯好奇的問：「那你們又為什麼要回到那口井邊？」

「水是故鄉甜，我們住得再遠，也要常回老家……不，是『老井』看看。」老大爺的眼眶裡，有滴淚水滾來滾去，他強忍著，不讓淚水流下來。

此時就在他們眼前，出現一個很小的村子。

幾十棟茅草屋沿著小路東倒西歪的靠在一起，看起來很可憐。

「三位國師，這就是現在的富田村。」老大爺嘆口氣，「國師想住哪一間屋子都行，因為每一間都一樣。」

「就這種破茅屋？」高喇嘛不太自在。

秀才在旁邊幫腔：「你們應該拿出更好的東西招待國師哪。」他邀功似的回頭跟胖喇嘛說：「我知道誰家偷偷養了一頭羊。」

「我們是國師，出來辦法會，一向是與民同苦，從不與民爭利。這一路以來，別說是羊，連雞都沒吃過。」胖喇嘛露出滿意的笑，「今天，難得你們有孝心，快去準備好房讓我們休息。」

大嬸們搖搖頭說：「沒啦，就這幾間茅草房。」

「那裡呢？那是誰家呀？」高喇嘛指著村尾。

潘玉珊踮起腳尖看，村尾真的有片紅牆黑瓦的高大建築。

「那……那是這裡的達魯花赤——惡霸馬大人……的家……」人們壓低了聲音。

秀才急忙跑到前面說：「國師、國師，小的帶路，我帶大家去找馬大人。他聽說國師來了一定很開心，不論是住宿吃飯還是玩樂，惡霸馬大人最大方了。」

「那好吧，」胖喇嘛說：「剛好我們走路走得腳痠，我們順便跟惡霸馬借幾匹馬，好繼續接下來的行程。」

「這……」秀才猶豫了一下，「馬大人最寶貝他的馬，要借恐怕有困難。」

「不行，我們就得借幾匹馬，」胖喇嘛說：「堂堂國師連馬都沒得騎，能看嗎？」

「這……這……」秀才還是面有難色。

「快走吧，還等什麼呢？」矮喇嘛抬腿一踢，他的腿太短，只踢到秀才的膝蓋，還因為用力過度，差點兒仰天跌倒。

秀才揉揉膝蓋，領著三位國師，外加一群富田村的村民，浩浩蕩蕩來到村尾的大廣場。

兩隻石獅鎮守一棟雄偉的大瓦房。

四個挺胸凸腹的僕人把守著門口兩旁。

「幹什麼呀？」僕人攔著。

「兄弟，不認識我了嗎？我是富田村的秀才。」

一個僕人推開他，「去去去，少來這裡添亂。」

秀才拉著那僕人說：「兄弟，別急呀，我今天帶了三個國師來。」

「國師？」那僕人有疑問。

高喇嘛不耐煩的說：「去告訴馬大人，三大國師來了。」

「這名號沒聽過。」僕人們搖搖頭，「主人沒交代。」

高喇嘛從懷裡掏出一塊亮晶晶的牌子說：「這是大汗親賜的金牌。」

四個僕人還沒看清楚，矮喇嘛就搶著大喝一聲：「還不通報？」

聲音像雷，讓僕人們慌了手腳，一個急忙進去報訊，另外三個哈腰曲膝：「請進、請進！」

三大國師跨過門檻，胖喇嘛一回頭，發現跟在後面的村民都站著不動，「你們怎麼不來呢？」

老大爺搖搖頭說：「我們……」

胖喇嘛招招手說：「等會兒馬大人若是送我們金銀珠寶，你們得幫忙搬回去呢，進來吧。」

達魯花赤

蒙元是個很特別的帝國，它的幅員遼闊到我們無法想像的程度。它的領土除了橫跨歐亞大陸，還管理北極與南海；從極冷到極熱，都是它統治範圍內。元朝帝國內的民族也特別多——有這麼大的國土，當然就有很多的民族被包容進來。

國家大，民族多，每個地方與民族的風土習慣都不相同，怎麼管理呢？

元朝有個特別的制度——達魯花赤。所謂達魯花赤，就是元朝的中央政府向全國各地各級政府部門派遣監臨官（用蒙古話來說就是「達魯花赤」），比如，某縣有個縣令，那就再派一個達魯花赤去。也就是說，這個縣裡有兩個主管，縣令主持一般工作，達魯花赤監督並且管理印章。縣令有事要先向達魯花赤通報，並且得到達魯花赤同意。

在元朝，每一個政府階層幾乎都有達魯花赤。那什麼人可以擔任達魯花赤呢？這是有嚴格的資格限制的。只有元朝統治者信任的蒙古人和色目人才可以擔任達魯花赤；如果你不是這兩種人，不好意思，你很難有機會做到這工作囉。

5 借馬

一行人才邁進大門一步，就被眼前的景象給震懾住了。

如果下巴會掉下來，畢伯斯的下巴已經合不攏了。

推開大門，出現在他們眼前的，竟然是一片草原。

畢伯斯忍不住往兩邊看看。原來，大瓦房只是一道牆，牆內沒有房子，只有一望無際的大草原。

草原上有幾匹馬，幾個巨大的白色帳篷。帳篷邊是個獸欄，裡頭有兩頭老虎，牠們無聊的趴著，無聊的望著畢伯斯。

「誰會在這裡露營呀？」畢伯斯搖搖頭，想不透。

「酷斃了。」潘玉珊拍拍帳篷，「能在自己家的草原上露營，這才酷。」

幾個帳篷中央有個小戲臺，兩個人正在臺上唱戲。後頭的樂班有十幾個人，拉琴、敲鑼、吹笛，好不熱鬧。

戲臺下觀眾很多；一個胖子坐在鋪了虎皮的椅子上，神情高傲。胖子的手在腿上打著節拍，聽得很投入。

領眾人進門的僕人不敢打擾那胖子，只低聲吩咐眾人：「今天有從大都來的雜戲團。主人吩咐過，他聽戲時，誰也不能吵他。」

「有戲曲可聽，菩薩下凡塵。」胖喇嘛笑嘻嘻的坐了下來，還不忘招呼大家：「坐吧坐吧，聽戲吧！」

「聽戲，我喜歡。」畢伯斯也坐下來。天空藍，雲很少，在這種地方聽戲，真像在廟口看野臺戲。

兩個演員在臺上演戲，動作不大。

一個拿著馬鞭咿咿啞啞唱著，另一個走來想跟他搶馬鞭。

這演員不肯，那演員不讓，兩個人一來一往動作很滑稽，臺下響起陣陣笑聲。

「這到底在唱什麼呀？」高喇嘛問。

「無聊，還是打來打去的戲比較精采！」胖喇嘛說。

秀才擠進來，討好的說：「國師大人，這是馬致遠寫的曲，唱的是借馬的段子。您在大都沒看過戲嗎？」

胖喇嘛愣了一下說：「……我有看過戲呀。」

「當然當然……」高喇嘛不自在的說：「我們當然都看過。」

矮喇嘛瞪了高喇嘛一眼，「不過，我們這些國師，天天都很忙，沒空聽什麼馬什麼牛的戲。」

「對對對，國師以朝廷為重，當然沒空聽戲。」秀才想退回去，領子又被高喇嘛扯住。

高喇嘛問他：「然後呢？這戲到底在說什麼？」

「啊，這段子叫做『借馬』。」

胖喇嘛放了他，「借馬都能變成戲？」

秀才點頭說：「這就是馬致遠厲害的地方。拿鞭子的是馬主人，他有匹心愛的千里馬，每天餵牠上好的草料，把馬養得好極了。因為太愛馬，捨不得騎去太遠的地方，也捨不得牠走路不平的地方。」

「馬癡子，愛馬如命。」高喇嘛說。

「我爸爸照顧他的老爺車，也是天天洗天天擦，下雨天也捨不得開。」潘玉珊說。

秀才以為她說的是馬車，哼了一聲：「馬車也要天天洗？真是草包。」

潘玉珊不跟他爭，接著說：「然後呢？」

秀才開始跟著臺上的戲子唱著：

「有那等無知輩，出言要借，對面難推……」

畢伯斯拍拍手：「這段我懂，意思是竟然有人敢來向我借馬，我又不知道該怎麼辦。」

秀才賞他一個讚許的眼神。音樂變快了——

拋糞時教乾處拋，尿綽時教淨處尿，

拴時節揀個牢固樁橛上繫。

路途上休要踏磚塊，過水處

不教踐起泥。

有汗時休去檐下拴，渲時休教侵著頹，

軟煮料草鍘底細。

上坡時款把身來聳，下坡時休教走得疾……

這一段全是馬主人在叮嚀借馬人，要小心呵護他的馬。畢伯斯雖然有幾個字聽不太懂，但是配上演員那猶豫不捨的表情，他還是可以猜得出來：「這個又囉嗦又小氣的人，他那匹馬到底借不借人呀？」

胖喇嘛笑他：「小伙子不懂事，這人就是因為愛馬，才會捨不得借與他人。」

秀才此時打個手勢，要他們仔細聽……

早晨間借與他，日平西盼望你。
倚門專等來家內。
柔腸寸寸因他斷，側耳頻頻聽你嘶。
道一聲好去，早兩淚雙垂。

音樂在這裡轉為低沉。唱曲的演員倚門盼望著，望著借馬人搖著馬鞭漸漸遠去。

畢伯斯笑著拍拍手說：「這人真是個呆子，既然捨不得借人家，那就拒絕他呀。」

馬可波羅正想勸他小聲一點，場中有人響起一句喝采：「小兄弟說得對！既然捨不得借人家，當然要拒絕他。」

馬致遠

馬致遠，字千里，號東籬。他小時候家境不錯，讀了很多書，也很積極的求取功名；可惜時運不濟，一直考不到好成績。

三十歲左右，他終於中了進士，開始當官，這一做就是十年。曾經擔任江浙行省的官吏，後來大多在大都（今天的北京）任工部主事。

十年後，馬致遠因為不滿官場的文化，隱居山野。退休後，他和幾個好朋友組了一個讀書會，大量的創作元曲。

「曲」是元朝最主要的文學形式，包括散曲與雜劇。散曲是僅供人清唱的歌詞；雜劇比較像現在看的傳統戲曲，它包含歌詞、動作與對話。

馬致遠會寫散曲，也會寫雜劇。他最有名的作品是〈漢宮秋〉。這齣戲描寫漢朝時王昭君出塞的歷史故事；四大美人之一的王昭君在宮廷裡受小人迫害，被皇帝遠嫁匈奴和親。這大概也反應出當年漢人被外族統治的哀愁吧。

除了馬致遠之外，元朝比較傑出的作曲家還有關漢卿、白樸和鄭光祖。他們四人的作品風格各有特長，於是被尊稱為「元曲四大家」。

元曲

俗話說：「詩莊詞媚曲俗」。意思是唐詩莊嚴，宋詞嫵媚，而元朝的曲比較通俗。

其實以今日來說，每個人從小就背過幾首唐詩，這樣大眾化的詩，不也是一種「俗」；宋詞的主題不是悲涼淒婉，就是懷才不遇、國破家亡；相反的，元曲多數是很樂觀向上的曲風，讀完讓人莞爾一笑，即使俗，也沒什麼不好啊！

說起元曲的俗，主要是它的語言通俗。元曲使用很多的俗語，非常口語化，例如：

恰離了綠水青山那答，早來到竹籬茅舍人家。野花路畔開，村酒槽頭榨。直吃的欠欠答答，醉了山童不勸咱，白髮上黃花亂插。

這個曲子幾乎不太需要解釋，就能讀懂了：喝醉酒了不讓孩子勸，自己在白髮上亂插黃花——是不是很俗又很可愛？

元曲的另一個特點是內容很通俗，很多題材來自於生活中的點點滴滴。例如：

東村裡雞生鳳，南莊上馬變牛。六月裡裹皮裘(1)。瓦壟上宜栽樹(2)，陽溝裡好駕舟(3)。甕來大肉饅頭，俺家的茄子大如斗。

註：(1)皮裘：皮衣。(2)瓦壟：房上瓦脊。(3)陽溝：屋簷下流水的明溝。

這首曲在譏笑那些好吹牛皮的人，雞怎麼會生鳳凰，馬怎麼可能變成牛？

再看下面這首：

倚蓬窗無語磋呀，七件兒全無，做什麼人家，柴似靈芝，油如甘露，米若丹砂，醬甕兒恰才夢撒，鹽瓶兒又告消乏，茶也無多，醋也無多，七件事尚且艱難，怎生教我折柳攀花。

你曾在唐詩裡讀過柴米油鹽醬醋茶嗎？元曲裡就有。把生活瑣事堂而皇之寫進曲裡，讓人邊讀邊笑。

6 借一頭狼出門

「好馬既然捨不得借人家，當然要拒絕他。」

說話的是坐在場中的那個胖子。他聽完戲，站了起來，富田村民一看到他起身，連忙恭恭敬敬的站好，喊了一聲：「最受人尊敬景仰的、永遠偉大的馬大人好。」

原來他就是惡霸馬。他的肩上有隻老鷹，老鷹套著金絲背心，看起來神采飛揚。惡霸馬看看富田村的村民，問：「你們來這兒做什麼呀？難道也想跟我借馬？」

他這麼一說，跟在他身邊的一群人全都笑了。

年輕的姑娘說：「想找我家老爺借馬呀……」

粗壯的僕人接話：「再等三十年……」

眾人異口同聲：「看看主人借不借給你？」

笑聲中，胖喇嘛站起來說：「你是這裡的達魯花赤——惡霸馬大人？我們是來向你借馬的，一人一匹，總共要三匹。」

惡霸馬輕蔑的笑著說：「借馬？你問問我的大老婆、中老婆和小老婆們，我的馬借不借呀？」

原來那些姑娘全是他太太，她們個個笑得花枝亂顫，彷彿胖喇嘛說了一個多好笑的笑話；有個年紀最小的太太「咕咚」一聲向後滾了一圈，被幾個僕人扶起來繼續笑。

「呆瓜。」那女人笑著說。

「對對對，三個大呆瓜。」另個女人說。

「我們家老爺的馬，當然不借人。」

胖喇嘛幾次想叫她們先停一停，希望她們等一下再笑；但是這些太太笑得好開心，她們就是停不下笑聲。

矮喇嘛大搖大擺走到惡霸馬面前；一看到矮喇嘛的個子只到惡霸馬的肚子，那些太太就笑得更開心了。

矮喇嘛抬起頭，眼睛直瞪著那些太太們，用力一吼：「全都住嘴！」

那聲音像雷鳴，轟得人耳朵發麻。

惡霸馬肩上的老鷹嚇飛了；獸欄裡的老虎躲到角落；開心的太太們慌亂

了手腳，瑟瑟縮縮躲到惡霸馬後頭。

草原安安靜靜，好像連蜻蜓都被嚇跑了。

矮喇嘛清清喉嚨：

「我們師兄弟奉大汗的命令，代他到各地主持風雨不來法會，」矮喇嘛把金牌舉得高高的，面對鴉雀無聲的草地，他的聲音很清楚：「為了辦事方便，大汗讓我們用這塊金牌調度一切，你得把馬借給我們，還要提供必要的工具和建材；要是誤了風雨法會大事，大汗再次征日失敗，你得承擔一切的後果。」

「你們是國師？」惡霸馬雙手扠腰，對他上下打量了一番，「不可能。國師出門騎馬坐轎，前呼後擁，你們卻連一匹馬都沒有？」

「對咩。」一個太太探出頭來，說完話，又急忙縮回去。

「只會吼我們，假國師。」另個太太說。

「快滾回去吧。」所有的太太又想笑了。

三個國師你看看我，我看看你，胖喇嘛拍拍肚子說：

「我們從大都出發時，大汗派了幾千輛車護送。」

「那些車呢？」惡霸馬小小的眼珠子盯著他。

胖喇嘛拍肚子的手一停，說：「我們沿路看百姓那麼辛苦，這裡缺食物，那裡少衣服，俗話說國師有好生之德，我們愛民如子……」

「……這裡送幾輛馬車，那裡送點食物，」高喇嘛嘆口氣，「還沒到江南，連最後一輛馬車也送給一個貧苦無依的老奶奶。」

矮喇嘛看著惡霸馬說：「但是，大汗的工作還是要如期完成。你是這裡的達魯花赤，就得提供一切的物品，包括跑最快的馬，最舒適的帳篷，最好吃的食物，我們才能早日上臺作法。」

「搭臺子沒問題，借馬車沒問題，但是借馬……」惡霸馬的表情變得跟臺上的演員一模一樣——那是一種猶豫不捨與小氣的結合。

惡霸馬遲疑了一下，還是派人拉來一匹黑馬。他拍拍馬背說：

「國師呀，你借別的行不行？我有幾十頭駱駝、上百隻驢子都可以借你，或是……你們要不要狼？大野狼不必借，我送你，讓你帶一頭狼出門。」

「哇，帶狼出門，很帥氣耶。」潘玉珊第一個贊成。

「可是狼會咬人。」畢伯斯搖搖頭，「你們千萬不要答應。」

胖喇嘛笑著說：「借我們一頭狼？哈哈哈，大汗的宮殿裡，什麼奇珍異獸沒有呢？光是獅子，大汗有五頭，每一頭幾乎都像牛一樣壯；大汗帶牠們去打獵，那些巨獅出籠時的兇猛氣勢和捕捉獵物時的敏捷行動，你們應該沒見過吧？」

他說到這兒，緩緩轉了一圈看著大家，每個人都很慚愧的低下頭。

「如果我們開口，大汗連獅子都會送我們。別忘了，我們是國師，何必跟你要一頭狼？大汗派我們去辦事，我們就需要幾匹馬，你別拿那種拉車、耕田的老馬來，若誤了大汗的事，他絕對饒不了你。」

胖喇嘛說到最後一句時，口氣突然變得很嚴厲。

7 大草原

「借馬？」惡霸馬看看眼前的草地，「為了把馬養好，就得有好草地；為了這片好草地，你們知道我花了多少心思嗎？」

惡霸馬招招手，帶大家走進草原更深處。

天高地闊，成群的馬在草原上悠閒的吃草；這裡的草長得翠綠柔軟——原來惡霸馬的家連著所有的草地。潘玉珊和畢伯斯歡呼一聲，就在草地上追逐起來。

惡霸馬指著四周說：「這片草地，美不美？」

「不錯。」三大國師點點頭。

高喇嘛問：「江南這地方，怎麼會有這麼大片的草地？」

這個疑問，連馬可波羅也很想知道；他伸長了脖子仔細聽，連帽子掉了都渾然不覺。

惡霸馬高傲的說：「黃濁的河水長不出青草，種稻的農田怎麼可能是草地？這裡本來是田，我讓他們別種田了，種草最好。蒙古健兒就該在草原上長大，蒙古的馬兒就該在草原上奔跑。」

潘玉珊忍不住問：「那原來的房子呢？」

「放火燒了呀。草原上不能有屋子，這樣馬跑起來才舒服、

自在嘛。拆掉屋子，大家住蒙古包，又輕又方便。」

胖喇嘛問：「那原來的商鋪呢？」

「拆掉了。」

高喇嘛問：「圍著村落的城牆？」

「推倒了。」惡霸馬開心的說：「看到沒有，誰說蒙古人就只能待在塞外寒冷的高原？照我的方法，就可以把江南的稻田變成大草原。江北變草原，江南變草原，以後處處都是大草原，養羊養馬和養牛，那將是多麼壯闊的畫面。」

「所以，你在這裡做實驗？」畢伯斯問。

「等我成功之後，大汗一定會很開心。」

潘玉珊不懂，她問：「你把稻田都變成草原，讓大家以後都吃草？」

「蒙古好漢喝奶茶吃牛肉，騎馬打仗展威風。」

畢伯斯也問他：「那你們穿什麼呢？」

他得意的說：「牛皮羊皮和馬皮——蒙古好漢只穿這個。」

潘玉珊說：「冬天還好，但你們夏天也穿羊皮大衣？那不是熱死了。」

「蒙古健兒可以把羊皮大衣脫了。」

「姑娘呢？難道蒙古姑娘在夏天也……」

潘玉珊說到這兒，臉都紅了，惡霸馬的大老婆、中老婆和小老婆卻都笑了。

「搶呀，沒有衣服就去搶呀。要絲綢要棉襖，要多少衣服就有多少衣服。搶搶搶，搶了這裡搶那裡，蒙古健兒跟著大汗，不愁沒有衣服穿呀。」

惡霸馬說到得意處，把馬鞭在空中用力一揮，「刷」的一聲讓人聽得膽戰心驚。

潘玉珊搖搖頭說：「不可能！你把桑樹砍光，就沒有桑葉養蠶；沒有蠶寶寶吐絲，就沒有絲織品了呀。」

「那……那我留一點地方種桑樹。」

「這麼多人需要穿衣服，那『一點地方』是多大一點？」

惡霸馬氣呼呼的回答：「他們是我的奴隸，不穿衣服也可以。」說到這兒，他自己大概也覺得不合理，聲音低了下去。

潘玉珊追問：「不穿衣服，那總得吃飯吧，他們吃什麼呢？」

「這……」惡霸馬被她逼急了，「好好好，我再留點地方種稻子，行不行？」

矮喇嘛突然插話：「不管行不行，你快把馬拉來，再替我們蓋風雨不來臺。你種不種稻子，我們不管你。」

8 紫晶千里馬法會

惡霸馬很擔心的說：「除了馬，我還要幫你們蓋法會的臺子？」

胖喇嘛笑著說：「聰明，答對了！蓋個大臺子，愈大愈能感動天地；來聽法會的人愈多，上天才會把風雨趕得愈遠。」

高喇嘛補充：「你還要準備供品：一座米山；一座麵山；一座水果塔；一座蔬菜樓。」

矮喇嘛提醒：「別忘了法器——金銀法器齊全，功德才能圓滿；外加十六個誦經人；十六個樂師；十六個……」

他們這一說就沒完沒了，惡霸馬急忙喊停：「那得花多少錢呀？」

矮喇嘛最討厭說話被人打斷，「哼」了一聲，「馬大人，心誠則靈，講錢就俗氣了；提起錢，這法會就無法成功；法會不成功，誤了大汗征日之旅……」

富田村的村民很有默契的說：「到時，後果你自己負責。」

「時間這麼緊迫，我上哪兒找這些東西呢？」惡霸馬擔心的在原地轉圈圈。

「這裡都是你的土地，」胖喇嘛笑著說：「你得想出辦法。」

「我……」

「對呀，你是偉大的令人尊敬的馬大人呀。」富田村的村民難得這麼開心。

潘玉珊和畢伯斯也跟著說：「你是偉大的令人尊敬的馬大人，這只是一點點小錢……」

惡霸馬急得直跳腳，幸好，高喇嘛給他提示：「其實哦，也可以不用花這麼多錢的。」

惡霸馬驚喜的停下腳步，問：「真的？」

「我們一路南下，沿路每個地方都搭過風雨不來臺。」

「所以……？」

胖喇嘛笑著說：「你去向人家借臺子嘛，可以省很多錢。」

「對對對，那……」他又想到，「那些什麼金銀法器，米山水果塔的……？」

胖喇嘛露出莫測高深的微笑說：「買二手的法器嘛，雖然別人用過，但是心誠則靈。放心，我們師兄弟就有代辦二手法器出租業務。」

惡霸馬激動得眼淚都快飆出來了，「你是說，我可以跟你們租法器？」

胖喇嘛點點頭，拍拍他的臉頰：「我們三大國師愛民如子，絕不是來製造你的困擾，別擔心。為了風雨不來法會，我們準備了富貴銀羊級、富豪金牛級和紫晶千里馬三種出租方案讓你選擇。」

「這些有什麼差別嗎？」

胖喇嘛說：「差別大囉。富貴銀羊級只需交鈔兩百貫；我們提供各式銀質法輪、降魔杵和珍貴木刻菩薩坐像，保證讓你的法會熱熱鬧鬧。」

高喇嘛下接著說：「如果你的經費許可，富豪金牛級要價沒有想像中的貴——花個交鈔五百貫，它將是你的最佳選擇。所有供桌上的法器都用九九九純金打造，吐蕃運來的佛像讓法會無風又無雨；大汗一歡喜，升官

就有期。」

「五百貫……天哪，那……如果是什麼紫晶千里馬？」

「哈哈哈，我就知道你有慧根。你如果挑選紫晶千里馬的方案，我們將提供你一連串頂級貴賓獨享的全方位服務。」胖喇嘛說：「有八寶、七吉祥和正宗紫水晶法器一套，合計一百零八件。」

高喇嘛走上前說：「內含來自聖塔祕城的水晶降魔杵，上頭鑲了三十六顆藍寶石，和遠從天竺而來的三大菩薩像座鎮。」

矮喇嘛拍拍惡霸馬的腰說：「這種等級的法會可遇不可求，我們從大都出發以來，只有六名心地虔誠的將軍、領主辦過。雖然一場要價五千貫，但是做完法會後，這些官員個個長命百歲，身體比大草原上最勇猛的氂牛還要強壯，而且家庭幸福美滿。更重要的是，大汗極度滿意，認為他們是真正能體會大汗苦心的臣子，不但加官晉爵，還賞賜了大把的黃金白銀。」

「五千……五千貫？」富田村的村民聽得嘴巴都變圓了。

「我連十貫都沒看過。」有人說。

「別說十貫，我做工一整年，都賺不到五貫。」還有人說。

惡霸馬好開心，他在地上翻了個筋斗，說：「那麼，就來場什麼千里馬的吧！」

「有眼光，你是最有品味的大人。」矮喇嘛難得的笑了，他拍拍手說：「各位富田村的村民們，現在就跟著馬大人，去錢庫裡搬五千貫，咱們還要趕著大做法會呢。」

9 欽差大人

一聽到搬錢，富田村的村民個個都伸長了脖子；五千貫就算不是自己的，能搬一回也算是開了眼界。

「親手摸過這麼多錢，回家也可以說給子孫聽。」

「沾沾金光銀光，看自己是不是也能夠賺大錢。」

他們七嘴八舌的自動排隊，正要往前走，突然有人喊了一聲：「等一下。」

「都停下來吧！」那人又喊了一聲。

畢伯斯回頭——啊，是馬可波羅在說話：「我想，我調查清楚了。」

「你是誰呀？」惡霸馬怒氣沖沖的問，「這裡輪得到你說話嗎？」

馬可波羅站直身子，把帽子和外套扯掉，他抬起頭，緩緩看了大家一眼：「我是大汗三號特使，奉命到江南來明查暗訪。」

惡霸馬拍著頭，大笑說：「剛來三個國師，現在又來一個特使，我看你們都是假的。」

三大國師急忙搖頭說：「不不不，我們真的是國師，吐蕃來的國師。」

矮喇嘛拿出他的金牌說：「我們有它做證明。」

馬可波羅把牌子拿過去，只看一眼就說：「假貨！」

矮喇嘛想把牌子拿回來，馬可波羅卻把牌子丟給潘玉珊，「你看清楚，這是真的假的？」

那塊牌子做工很粗糙，就是一塊瓦牌上塗了金漆，被人寫了幾個字。剛才矮喇嘛秀它的時間短，距離又遠，難怪沒人發現有問題。

畢伯斯湊近了看，「哈哈哈，這是瓦片，寫的字也醜。」

「那是複製品嘛。我們出來辦事，怎麼可能把真金牌放在身上呢，要是掉了怎麼辦？」胖喇嘛解釋到這兒，偷偷踢了高喇嘛一下，高喇嘛「哦」了一聲，急忙往下接話：

「所以……所以我們就在路上找塊瓦片，照真的金牌重做一份。如果你們不相信，我們改天再拿金牌給你們看。現在呢……啊，我們還要去別的村子辦法會，這事情很重要，若是耽誤了，往後大汗責怪下來，沒人能承擔後果。」

高喇嘛在說話的時候，胖喇嘛悄悄往後退，想要退到人群外面，富田村的村民卻擋著他的去路。他試了幾次都出不去，一回頭，惡霸馬也很生氣，說：「你們竟敢假冒大汗的名義，在這裡招搖撞騙。今天晚上，就讓你們陪我的老虎睡覺。」

他說這話時，獸欄裡的老虎恰好吼了一聲，嚇得胖喇嘛腿都軟了，「咚」的一聲跪倒在地上。

馬可波羅說：「大汗對國師很尊重，喇嘛們對人都很客氣，哪會像你們這樣到處詐騙呢？」

矮喇嘛還想狡辯：「我們……我們真的是國師呀。」

老大爺拍拍他的頭：「乖，別再騙人了吧。」

「這……」三個假國師立刻被村民們抓起來。

最開心的人是惡霸馬，他用力摟著馬可波羅說：「謝謝你幫我拆穿這三個冒牌國師，今天晚上我們好好喝一杯。」

馬可波羅掙脫他的手，笑著說：「抓了三個假國師，現在該來辦正事了。」

「還有什麼事？」

「事情多著呢。經過我的調查，你身為達魯花赤，卻胡作非為，把老百姓當成奴隸，強佔民房，魚肉百姓；忽必烈汗三番兩次下令，不准有人把良田改成草原，你卻違反一切的禁令。」

「我……我……」惡霸馬把腰桿一挺，「沒有，沒有，我做的一切都是為了大汗好。」

他這麼一說，他那些大老婆、中老婆和小老婆也跟著哭天搶地：

「對呀對呀，我們家老爺都是為了大汗好。」

馬可波羅拍拍老大爺的肩，說：「幸好富田村村長寫信到大都，大汗派我來調查，看看是什麼樣的達魯花赤，把全村百姓當成奴隸。馬大人，你的面子真夠大，能讓大汗親自派人來。」

惡霸馬的臉色鐵青，他咬著牙說：「欽差大人，您來的時候，帶了多少人哪？」

馬可波羅笑一笑說：「這是祕密任務，欽差只有我一人。」

惡霸馬的臉上浮現可怕的笑容，他說：「那太好了。來人呀，在場的人一個也別放過，通通給我殺了。」

「是！」惡霸馬的僕人殺氣騰騰的跑出來，手裡不是刀就是劍，把馬可波羅和其他人

團團圍住。

馬可波羅不慌不忙的把金牌舉高說：「我是大汗三號特使，誰敢動我？」

潘玉珊站在他身邊，鼓起勇氣說：「他是大汗派來的欽差大人，你們不想活了嗎？」

僕人們互相看了看，不曉得該怎麼辦。

惡霸馬大吼一聲：「殺，殺了他們，我有重賞。」

僕人們聽到有賞金，眼睛亮了，膽子大了；他們衝過來，畢伯斯嚇得往後退，潘玉珊拉著他說：「別怕，跟他們拚了。」

她擺出拳擊姿勢，想對付幾個敵人。

馬可波羅從容不迫的喊了聲：「伙計們，出來活動活動筋骨吧。」

那是一句暗號；一聽到這句話，好多富田村的村民突然站了出來。

他們拿掉斗笠，扯掉假髮；跛著的腳好了，彎著的腰挺直了——原來這些士兵全扮成村民，躲在人群裡。

士兵們武藝高強，沒幾下就把僕人打倒了。

一直沒說話的秀才，慢條斯理的拿出筆墨；他寫字寫得又快又好，一下子就把人名全部登記完畢。

「大人，一共逮到三名假喇嘛，一個作威作福的達魯花赤，外加十八個為虎作倀的僕人。」

原來，連秀才也是馬可波羅的手下。

10 惡霸馬有個藏寶庫

現場突然安靜了下來。

只有惡霸馬咬牙切齒的說：「騙人，你不是說只有你一個人？」

「沒錯呀，我是跟你說，欽差只有一人，但是你又沒問我手下有多少人？」馬可波羅接著問：「好了，惡霸馬，你把欺壓百姓的錢放哪裡去了？」

惡霸馬的態度很強硬，他回答：「不知道。」

潘玉珊勸他：「你趕快把錢還人家，讓他們買些種子、水牛，還來得及把草原變回農田。」

「我不知道！」

「你不說，我們也搜得出來。」馬可波羅說。

人多好辦事，帳篷拆掉，獸欄搬開，戲臺推倒了。

沒多久，連帳篷下的草皮都被挖開來，卻什麼也找不到。

惡霸馬說：「看吧，我是個奉公守法的達魯花赤，沒有什麼錢。」

「有個地方值得好好找一找。」潘玉珊提議。

「什麼地方？」馬可波羅問。

「他的錢說不定就藏在馬廄裡。」

馬廄裡有幾十匹馬，公的母的黑的白的，每一匹都漂亮。

潘玉珊實在不懂，她問：「一個人養這麼多馬做什麼？」

畢伯斯記得新聞報導過，「現代的有錢人收集跑車，元朝的有錢人就收集馬。」

「我收集馬，但是我沒有收集錢。」惡霸馬堅持，「我窮得只剩這幾匹馬，哪來的金銀珠寶呀？」

潘玉珊不相信，她和畢伯斯在馬廄裡轉了一圈。

草料、馬槽、草料和馬槽，除此之外，什麼也沒有。

馬可波羅在原地踱步，「難道是我判斷錯誤？」

惡霸馬冷笑著說：「看吧，沒有錢。」

潘玉珊問：「馬可叔叔，我們把馬牽走，再找一遍？」

「好，試試看。」

他們把馬牽出去，回到馬廄趴在地上找了一遍，還是什麼也沒有。

「如果不在馬廄，難道……」潘玉珊望著馬廄邊的草料堆時，她突然發現惡霸馬也正緊張的望著那裡，看到她在看自己，又急忙把頭轉回來，開始大吼大叫，胡說八道。

潘玉珊問：「草料堆？」

惡霸馬激動了：「你們應該在外頭找，草原底下才有可能藏錢呀。」

「馬可叔叔，請把草料堆翻開。」潘玉珊說。

在惡霸馬不斷的咒罵聲中，草料堆被搬開了。

底下有個小門。

拉開門，金光閃耀。

地窖堆滿了金元寶。

後頭全是翡翠、珊瑚和寶石。

每一樣都好看，每一樣都值錢。

「那是大汗賞賜我們家的！」

惡霸馬怒吼，「誰敢拿走？」

「那這個金菩薩呢？祂本來供

奉在我家，」老太爺拿起一個玉鐲說：「這是我太太的。」

富田村的村民在地窖裡翻翻揀揀，驚呼聲此起彼落。

「我家的銀盤子。」

「爺爺的銀寶劍。」

「祖傳玉枕頭，感謝列祖列宗，我找到它了。」

畢伯斯在角落發現一個不起眼的小木桶。

髒髒黑黑，其貌不揚，和財寶放在一起，更顯得奇怪。

「這是什麼呢？」

他好奇的打開蓋子，裡頭全是黑色的粉末，入鼻很嗆，味道卻很熟悉。

畢伯斯問：「馬可叔叔，這是什麼？」

「這是火藥！」馬可波羅大叫。

「火藥？」

「阿彌陀佛，會爆炸呀。」

人們拔腿就往地窖外跑，那些金銀珠寶撒了一地也沒人撿。大家就怕跑得慢了，火藥爆炸，哪裡也去不了。

「哪有人在藏寶庫裡放火藥？」潘玉珊不懂。

惡霸馬狂笑：「想當年，我爹跟著大汗打天下，就拿這火藥去攻城。那些花刺子模人沒見過火藥，被炸得飛上天。」

馬可波羅點點頭說：「蒙古大軍帶火藥攻城，天下無敵。」他突然睜大眼睛，「小兄弟，你怎麼抱著它出來呀？」

畢伯斯這才發現，他剛才太緊張，忘了把火藥桶丟掉；被馬可波羅一說，他急忙把桶子放下。

潘玉珊眼尖，火藥桶邊黏著一塊布，她把布打開。

高高低低的線條，上頭寫滿了地名。

秀才看看地圖：「這是成吉思汗西征時的地圖，從蒙古打到花剌子模，再從那裡打回……」

他還在解釋，外頭卻有很多人在喊：

「跑了，跑了，他跑了。」

馬可波羅問：「誰跑了呀？」

「特使，惡霸馬趁著混亂，搶了一匹馬跑了。」

「快，快跟我去追。」

馬可波羅翻身跳上馬，他的手下也全都跳上馬。

這些本來都是惡霸馬的愛馬，平時自己捨不得騎，更不願意借人，沒想到這會兒，全都要去抓他。

潘玉珊學過馬術，她挑了匹白馬，躍上馬背，望著前面的大草原，有種女俠的氣勢。

可惜，她旁邊是個笨手笨腳的畢伯斯。

「你快點嘛。」潘玉珊催他。

「我也想呀，可是我爬不上去嘛。」

「真受不了你。」潘玉珊輕喝一聲，白馬跳起來，她順勢拉起畢伯斯，「坐好了。」

畢伯斯緊張的大叫：「你騎慢一點。」

潘玉珊哪會聽他的話，她很愛看熱鬧，幾十個人抓惡霸馬的戲，沒看到了多可惜。她雙腿一夾，白馬立刻快跑起來。

風聲呼呼，畢伯斯只覺得自己快掉下去了。

他不斷的「啊啊啊」亂叫。

直到白馬都停下來了，他還在叫。

「你叫夠了沒有呀？」潘玉珊忍不住問。

「到……到了嗎？」畢伯斯閉著眼睛說。

「迷路了，我們追丟了。」潘玉珊說。

畢伯斯睜開眼睛——啊，夕陽西下了，草原上全是飛舞的紅蜻蜓，但是……他忍不住「咦」了一聲：「這裡……我們來過。」

「當然來過，這是惡霸馬的家嘛。」潘玉珊沒好氣的說：「我們繞了一大圈，又回到他家了。」

惡霸馬跑了，他的僕人和姨太太們也都四散了，草原上，只剩下凌亂的帳篷和那堵孤單的牆。潘玉珊轉頭看馬背上的畢伯斯，畢伯斯手裡還緊抓著那張地圖。

她突然想到：「奇怪，我們找到地圖，為什麼還回不去？」

畢伯斯記得：「機車老師說，回去的時候，要有地圖和氣泡水。」

「水？」潘玉珊眼尖，她下馬從地上撿起一個獸皮做的水袋，那是惡霸馬的，「這兒就有。」

「有水有地圖。」畢伯斯看看四周，除了傾倒的帳篷和一座牆，什麼也沒有。

畢伯斯跳下馬，他來到牆邊，東摸西摸，最後望著牆邊的大門說：「難道在外頭嗎？」

當他的手碰到大門時，感覺到了一股輕麻。

那是一股很細很細的電流，他回頭看看潘玉珊，潘玉珊也正在望著他，她一定也感覺到了。

於是，他們同時跨步穿過那道門。

火藥西傳

火器，最早出現在中國的唐朝；被人加以應用，是南宋的陳規。他發明一種管狀的火器——火槍，從此之後，戰爭就有了巨大的轉變。

蒙古人本來也不太會用火器。他們滅掉金朝之後，從金朝擄來大批的火器，將金朝製火藥的工匠和火器手全編進蒙古的軍隊裡，讓蒙古軍的戰鬥力如虎添翼，攻擊起來更加可怕。

這可怕的轉變，出現在蒙古第二次西征，新編入的火器部隊也隨軍出動。那時火器並不具有太大的殺傷力，但是巨大的聲響、駭人的火花，都讓從未見過火器的西方國家產生害怕。蒙古大軍作戰時，也彷彿多了啦啦隊的加油，打起仗來更加勇猛。

在後來的蒙古西征裡，他們對火器的使用日益熟練，蒙古大軍橫掃東歐平原。其中一個例子就是西元一二四一年四月，蒙古大軍與波蘭和日爾曼的聯軍在東歐大平原上展開激戰。根據波蘭歷史對這場戰爭的記載，蒙古大軍在這場對戰中使用了一種木筒裝火箭，火箭成束發射，威力強大。

後來，蒙古人滅掉阿拉伯帝國，建立伊利汗國，那裡成了火藥等中國科學知識向西方傳播的樞紐。而配備火藥武器的蒙古軍隊在歐洲的長期駐紮，也提供歐洲人學習火藥技術的機會。

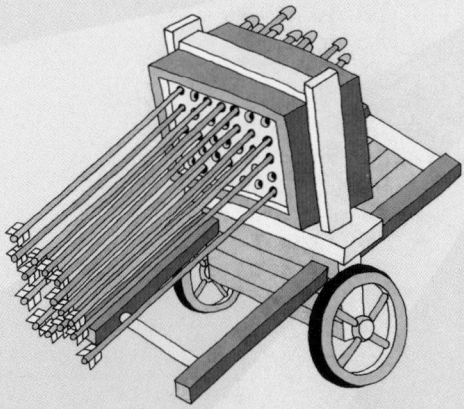

11 天鵝湖

四周靜悄悄，一切好像都一樣，也好像有點不一樣。

牆的那邊還是草原，牆的這邊卻成了……可能小學的地圖室。

他們同時回頭，那道門卻不知道什麼時候變成了一堵白牆。

畢伯斯伸手推了推，牆就是牆，牆邊是放地圖的架子，幾隻白色的大鳥蹲坐在架子最上方看著他們。

「地圖室？我們回到地圖室了。」潘玉珊好開心，她指著白鳥說：「這些鳥是從哪裡飛出來的呀？」

畢伯斯把白鳥抱起來，拿出被牠們坐著的地圖，輕輕擦掉白鳥留下的臭「黃金」說：「這是中古黑暗歐洲童話角色分布圖，牠們來自……」他的手指停在一塊藍色的區域，「天鵝湖。」

「你們是天鵝？」潘玉珊捏著鼻子，「原來天鵝也會『嗯嗯』在地圖上呀？」

這時，地圖室被人拉開，一個胖胖的小女孩站在門外，是可能小學六年級的王小薇。

「潘玉珊，畢伯斯，那些記者說你們再不開記者會，他們就不幫我們宣傳老師的演唱會了。你們……」她盯著那幾隻天鵝，瞪大了眼說：「你們躲在這裡玩天鵝？」

「我們……」

「你們跑到這兒做什麼啦？」

「我們……」畢伯斯和潘玉珊很有默契的點點頭，決定要保守地圖室的祕密：「我們去找天鵝呀。」

畢伯斯還問：「你怎麼沒去找機車老師呢？」

王小薇兩手一攤：「我整個學校都找過了，找不到他。但是我總算找到你們了。」

「你說機車老師也不見了？」

「難道他是……」

潘玉珊和畢伯斯的腦海裡，同時浮現馬可波羅那長手長腳的樣子。

「不會吧？」潘玉珊說。

「誰知道呢？」畢伯斯聳聳肩。

如果他們的老師，真的也跑進元朝，扮起馬可波羅……

「不可能吧？」或許有人會說。

但是，在可能小學裡，沒有不可能的事呀。

一個歐洲人，居然大老遠跑來元朝當臥底偵探？這可是從來沒發生過的新鮮事！是什麼原因把馬可波羅從義大利帶到中國？這一路上，他遇到了什麼新奇好玩（或危險）的事情？

想要更了解馬可波羅和他的經歷嗎？不用急著翻開《馬可波羅遊記》，我們現場立刻請到這位特別來賓，跟大家說清楚，講明白！

：歡迎大家來到「絕對可能會客室」。

：在絕對可能會客室裡，會見你想都想不到的人物。

：那怎麼可能？

：所以才叫做「絕對可能」呀。

：請問，今天我們要會客的是……

：大名鼎鼎的馬可波羅先生。

：他是老朋友了，在元朝當臥底間諜的大汗特使。馬可叔叔，好久不見，請跟大家打個招呼。

：大家好，我是馬可波羅，大汗特使三號。

：馬可叔叔，可不可以先跟大家介紹一下你自己。

：沒問題，我是義大利威尼斯人，外號叫百萬先生。我在西元一二七一年，跟著爸爸和叔叔到中國；那一次我們走了四年的時間才到中國大都，在那邊做了好幾筆大生意，直到遇見了忽必烈汗。後來他留我在中國當密使，我幫他辦了好幾百萬件的事，直到一二九五年才回到家鄉威尼斯。

：等一下……你們走了四年才到中國？

：都快比唐三藏去西天取經還久了，為什麼？

：在當年，到中國沒有飛機也沒有鐵路，只能騎馬；有很多地方連馬也走不了，就要靠自己的雙腳。路上還有許多可怕的危險，隨便就會奪走百萬人的性命。

：什麼危險，這麼可怕？

：叔叔你太誇張了，把畢伯斯給嚇到臉色發白了呢。

：我說的是真的。我曾遇過一種可怕的熱風，它會讓人呼吸困難、窒息而死，只要被這風颳到，隨便一百萬人都會死光。

：那怎麼辦？

：只要你發現有熱風的跡象，要迅速跳入水中躲起來，等到熱風過後，才能浮出水面。

：真是驚險。還有其他的事件嗎？

：我們也曾遇過好多次強盜，他們用巫術把白天變成黑夜，再趁機下手行搶，我們很多夥伴就是因此被抓被殺；我也曾經走過多日的荒原，那裡的水跟海水一樣鹹，顏色像草一樣

綠，根本不能喝；我們還徒步走上帕米爾高原，連走十二天，看不見一個人。

：叔叔，你覺得旅途中最可怕的是什麼地方？

：最可怕的……最可怕的地方在貝恩之後那片沙漠。

：沙漠？

：那片沙漠，即使從它最窄的地方過去，也要一個多月時間；如果走它最寬的地方，幾乎要一年。在這三十天的路程中，都是不毛之地，幸好，我們每晚停留的地方都能找到水，水不多，卻夠一百個人和我們帶來的牲畜喝。

：聽起來真的好可怕。

：恐怖的是，荒原有許多幽靈，它們或許有百萬個，它們讓人產生幻覺，有些旅人如果落單了，他們就會突然聽見有人在呼喚自己的名字，聽起來口音很熟，好像是親朋好友；如果跟著聲音走，就會誤入歧途，只能坐以待斃了。

：馬可叔叔，難道這一路上都沒什麼新奇好玩的事嗎？

：我們那時候的旅行都是慢慢走，有時遇到適合的地方，一住就是一年。我曾在忽里模子平原渡過美麗的河流，河邊是遍地的棗樹，幾乎有一百萬棵，林中棲息著百萬種美麗的鳥雀；薩普甘的甜瓜最好吃，它們和蜜糖一樣甜。對了，還有葉爾羌，那是一個宏偉壯麗的城市，城內有美麗的花園，周圍有盛產一切果實的平原。邊走邊玩，就是你們現在說的……

：「慢遊」。

：對對對，慢遊。

：那時的中國是怎樣的情形呢？

：我在中國十幾年，經常到各地考察。大汗統治了百萬的土地，有百萬的人民信服他，他的治理像日月星辰一樣大公無私——哦，請容許我站起來朝東方鞠個躬，向偉大的忽必烈汗行個禮。

：馬可叔叔，你真的看過忽必烈？

：忽必烈汗的意思是「眾王之王」。其實，以他統治的人民數目，土地幅員的遼闊，收入的巨大，他早已超過了世界上過去和現在的一切君王。

：忽必烈是個怎樣的人呢？

：他的身材中等，紅光滿面，他的眼睛黑得發亮，鼻子端正高挺，他是我見過——哦，請容許我再站起來朝東方鞠個躬，向偉大的忽必烈汗再度行個禮，他真是我見過最偉大、最有勢力的大汗。

：你曾跟著他去打過仗嗎？

：他有百萬的大軍，他出征時，坐在一個木製的亭子中，亭子放在四頭大象背上，象身用厚牛皮包著，再披著鐵甲。木亭中還有許多弓箭手，亭頂上飄揚著繪有日月的皇旗。哦，大汗出征，那真是……那真是……（又要站起來狀）請容許我……

：（急切狀）馬可叔叔，忽必烈汗住在哪兒呀？

：他住在汗八里城。

：汗八里？

：哦，那時叫汗八里，現在好像叫做北京。大汗的皇宮周圍用了上百萬的大理石修建，外面有美麗的欄杆，他的大殿和房間都裝飾著鍍金的龍、各種鳥獸。世界各地最稀奇最有價值的東西都會運到汗八里城裡——別忘了，這裡有百萬的人口，什麼東西它都需要的。

：馬可叔叔，那時的中國，有什麼讓你難忘的事呢？

：太多了，太多了，我想至少有上百萬件吧。例如鈔票。

：鈔票有什麼了不起，我口袋裡就有。

：當年可了不起了，歐洲都沒有呢。那鈔票是用桑樹內皮製成，像正方形，但是略長一點。這種紙幣的製造是十分慎重的，做好紙幣後，官員要在上頭簽名和蓋章，才能使用。你要是有了這張紙幣，在大汗的國土上，你都能任意使用，用它們買任何你想買的東西。

：買珠寶呢？

：可以。

：買珍珠或房子？

：當然也可以，我就有一張一百萬的大鈔。

：哇，那你一定很有錢。

：可惜，那張大鈔被我帶來帶去，被磨爛了。

：還有什麼事讓你難忘的？

：多著呢。中國有一種黑石，它被人從山裡挖出來，這種黑石像木炭一樣容易燃燒，但它的火焰比木材還要好，甚至可以整夜不滅。這種石頭，一定要先點燃一小角，否則不會燃燒；但一經燃燒，就會發出很大的熱量，是不是很神奇？

：會燃燒的黑色石頭？

：……黑色的石頭，可以不斷燃燒——那就是煤炭嘛！

：如果我把這石頭運到歐洲賣，一定可以賺好多個幾百萬。

：我現在終於知道，大家為什麼要稱呼您為百萬先生了。

：沒有沒有，我沒有家產百萬。

：但是你開口閉口總是「百萬」來「百萬」去。

：哈哈哈，說的也是。

：感謝馬可叔叔來我們的節目。

：希望下回還有機會邀請您。

：好呀，下次再來分享我在中國當臥底偵探的故事。

絕對可能任務——
看完了潘玉珊和畢伯斯在元朝的冒險，
是不是覺得刺激又有趣？
想成為時空冒險旅人中的一員嗎？機會來了！
接下來的任務就交到你手上，
讓不可能的任務成為可能吧！

任務1

馬可波羅遊臺灣

教案設計：溫美玉／臺南大學附設實驗小學教師

馬可波羅如果有機會遊臺灣，你會如何介紹自己，以及向他介紹哪些最具特色的人、事、物，讓他帶回義大利與他人分享？試著想一想吧！

	自己（導遊）	食（美食）	衣（服飾）
名稱			
外型、特徵（文／圖）			
功能（厲害之處）			
眾人評價			

住（建築）	行（交通）	育（宗教、教育）	樂（娛樂）	知名人物

任務2 痛定思痛，元軍再起

當年元朝遠攻日本兩次失敗，一般認為颱風是最大原因。如果要避免之前兩次錯誤與失敗，你可以提供改進的方法嗎？你可以自己想想，也可以跟同學、家人討論後將方法寫上去，最後並請評估每種方法的優缺點。除此之外，若還想再戰，應該如何更積極的準備和布局？（請試著從「要如何打贏一場戰爭」的方向去思考）

人物	提供的方法	優點	缺點
三大國師	建造風雨不來臺		
潘玉珊 畢伯斯	避開颱風，在秋天進行		

任務3 贏得民心在慈悲

元朝是蒙古人建立的王朝，當年要統治中原的漢人非常不容易，整個故事中，我們可以看見許多不合理、不人道的地方，但大部分應該不是蒙古領導者的初衷與本意。在此活動中，大汗想邀請你這位小國師，擔任稽查的角色，提出「惡霸馬」對富田村村民的六大罪狀，做為未來施政改進的參考。

	文章中的事實描述	錯誤之處
例子	老大爺再幫他舀了一勺水：「當然不必，您永遠排最前頭。」	仗勢欺人——讓屬下（秀才）仗著主人的氣勢及權位，欺負平民百姓，作威作福。
一		

六	五	四	三	二

作者的話

上一堂穿越千古的歷史課

讀國中的時候，我們歷史老師的綽號叫「老祖宗」。

老祖宗當然不姓老，她的年紀也很小，人長得溫柔美麗又大方；會有這麼逗趣的外號，全來自她的第一堂課。

那堂課講五十萬年前的北京猿人。北京猿人是人類的老祖宗，住在周口店，他們那時已經會用火了。如果老祖宗半夜想上廁所，對不起，那時代沒有馬桶，屋裡也沒有電燈，他們得走到山洞外頭解決；「要是一不小心哪……」老師的講課聲音停了一下，純粹想吊我們胃口。

「會怎樣啦？」我們班的肥仔問。

「要是一不小心碰上老虎，老祖宗就成了老虎的消夜囉。」

那堂課，老師左一句老祖宗、右一句老祖宗，她的外號就是這麼來的。

老祖宗的歷史課沒有違和感，她講起課，那些事彷彿昨天剛發生般，在那個還沒人談穿越的年代，我們的歷史課早就在玩穿越了。

例如有一堂課講唐朝，老祖宗不知道去哪兒找來導遊三角旗，帶我們穿越千古，回到唐朝參加她的一日遊行程；從長安春明門進去，經過灞橋風雪，直到唐玄宗的興慶宮……課上完了，長安城的東西南北也全記住了。

又例如她有天早上，帶了一堆食物來，什麼包子饅頭香蕉蘋果橘子的。我們猜老祖宗要請大家吃早餐，她說沒錯，但是要我們先猜猜，哪些食物北宋人吃不到，猜對了，才有賞。

前一天她才教過東西文化交流，後一天就帶食物讓你穿越時空，夠鮮了吧。

等我當了老師，幫小朋友上社會，我也希望孩子別離歷史太遠；古代人的生活，除了科技輸我們之外，其實也跟我們差不多。

他們一樣會生氣，一樣喜歡別人拍馬屁；長安城的房價高得讓人買不起；放假的時候，古人也喜歡去城外郊遊，不想留在城裡堵馬車。

古人的喜怒哀樂，和我們差不多。

因為差不多，我就盡量把小朋友和李白、杜甫畫上等號，人人聽得笑嘻嘻。

這次我又有機會寫「可能小學」，為了這件快樂的事，我又有機會跑大陸。

想要把故事寫好，最好能親臨現場。西安離古代的長安不遠；洛陽是東漢的首都；北宋的首都在開封；這些地方我都去了，站在古人生活過的地方，望著一樣的藍天與太陽，閉上眼睛，我真有一睜眼就能見到李白、杜甫的感覺呢。

啊，要是真能遇到他們一次，該有多好？

於是，我決定了，帶大家回到歷史上的關鍵點：

戰國，我想帶你們認識莊子——那個參透生死，喜歡講故事的道家學派主角。他身處戰國咚咚戰鼓中，會活得如何精采呢？

東漢，造紙術剛被發明出來，那時的人怎麼看待「紙」這種東西呢？東漢還出過一位偉大的科學家張衡，他不但懂科技，也熟天文和書畫詩詞，簡直是十項全能的古人，值得我們走一趟東漢去拜訪他。

北宋有一張名揚千古的畫——清明上河圖；開封有個斷案如神的包青天；平時看畫要去故宮，看包青天得等電視連續劇，現在有機會穿越一下，我也想帶你們到北宋。

最後是元朝。相較其它朝代，元朝奠基於草原，他們是馬背上的蒙古族，只是他們的故事被歷史的雲煙遮蔽太久，趁這時候，我們騎馬馭鷹進元朝，帥不帥？

唐太宗教我們：要把歷史當成一面鏡子，當你面對難題時，想想古時候的人會下什麼樣的判斷：有人做了錯的決定，遺臭千年；有人做了對的選擇，從此青史留名。

親愛的小朋友，當你讀歷史書時，如果能從中汲取一點精華，你這一生必能活得同等精采。

走吧，咱們穿越千古，來上歷史課吧。

審訂者的話

兼具專業與樂趣的兒童橋梁讀物

洪麗珠／科技部人文社會科學發展中心博士後研究員

蒙古元朝不僅是中國歷史的一環，也是最具世界性影響的朝代。在那個時期，東方與西方的往來基本上暢通無阻，文化的交流盛況可說空前。蒙古族的統一與蒙古帝國的創建者鐵木真（成吉思汗）是中外歷史上的「十大征服者」之一，亦是最廣為西方所認識的「東方帝王」。二零一五年初《國際財經時報》（International Business Times）引述英國《自然》（Nature）週刊，報導英國萊斯特大學（University of Leicester）的遺傳學家喬布林（Mark Jobling）的最新研究，指出成吉思汗的遺傳基因是亞洲影響最廣者，其「子孫」佔據亞洲男子的百分之二十，全球男子的百分之零點五。這樣的研究可能需要更多的證據，但是蒙元的創建者毫無疑問是世界級的大人物，如同西方的亞歷山大大帝、拿破崙一般。

成吉思汗所留下的蒙古帝國，雖然在孫子蒙哥、忽必烈兩任時期走向分裂，最終忽必烈（元世祖）在中國本土建立元朝，宣告「大蒙古帝國」的結束，但是成吉思汗的子孫，依然是各地的統治者，也是充滿歷史魅力的大汗們。在蒙古治理之下的元朝與中亞、西方諸汗國維持著政治統一之外的緊密關係，大量的中亞穆斯林、西方基督徒來到元朝，從事各種活動，為中國的社會注入更加多元而豐富的文化——義大利威尼斯來的「百萬先生」馬可．波羅就是這段時期最著名的人物。【可能小學】透過馬可．波羅這個角色作為故事主軸，帶出元朝時期政治、社會、文化上的點滴，輔以「絕對可能會客室」、「超時空傳聲筒」單元，小讀者們可以從中得到元朝這個具備許多特殊性的朝代知識，成為以後進一步了解元朝如何延續中國的北宋、金朝、南宋，以及如何影響明、清兩代的基礎。例如成吉思汗與馬可波羅的人物介紹、忽必烈出兵日本的過程、「達魯花赤」到底是什麼官、藏傳佛教的興盛與弊端、馬致遠與元曲的發展以及火藥的西傳等，皆為提綱挈領的知識。

編輯群在各方面都很細緻的與作者、專門學者討論溝通，本書企圖兼具專業知識與樂趣，可說是介於通俗與專業之間的兒童讀物橋梁。做為一套知識性讀本，【可能小學的歷史任務】以有趣的形式及扎實的內容，帶給臺灣兒童更多元的閱讀經驗。

推薦人的話

故事的引力

林文寶／臺東大學榮譽教授

從小我們就要學習各種生活的基本、知識、技能與情意。而故事是學習的酵素，總是可以讓難入口的知識，變成一道道可口的佳餚。

大部分的學生都認為學習是件苦悶的事，不過如果學生肯扎扎實實的學會學習，學習會是一件快樂的事。

隨著時代的改變，填鴨式的學習已經不在，新的教育講求更多元化的學習，主要幫助孩子培養邏輯思考與理解能力，進而達到快樂的學習。而【可能小學】這一系列知識性作品，強調從故事當中認識歷史，就有這樣的趨勢。

【可能小學】的場景是發生在學校，校園生活故事一直是孩子喜歡的故事，因為與孩子的生活最接近，所以能產生極大的共鳴。若是說看完【可能小學】，學校的考試就沒有問題，這是騙人的；不過，應該可以引發孩子對於歷史的興趣，增強孩子的學習動機。

而這次的【可能小學】新系列，是介紹戰國、東漢、北宋和元朝四個朝代，這四個朝代都是中國燦爛精采的朝代，每個朝代都有其美麗的風景，舉凡飲食、服裝、藝術、文化都與眾不同；因此若能熟悉各個朝代的歷史，相信對於孩子的生活與眼界，一定有所助益。歷史的重要，在於「借鏡」——通過閱讀歷史的過程當中，可以發現前人的智慧，更了解自身文化。

一個喜愛閱讀的孩子，他的眼睛總是雪亮，他的人生絕對比別人更為精采；因為閱讀的關係，使他的眼界遠了，心也寬了。

閱讀絕對根植於生活，知識也是如此，如果能把知識生活化，絕對是學習的祕密武器。在我長期的任教生涯中，發現能夠把知識生活化，而非教育化的時候，學習效果會有不可思議的成長。

那麼，如何把知識生活化呢？首先，我們必須要有個概念：當知識不被使用到的時候，它就是廢物，一文不值，還占腦容量呢！唯有生活化，讓知識與生活連結在一起。當知識能在生活當中被運用，知識才是知識，孩子也在使用知識的過程中，獲得相當的成就感。

當一個孩子可以透過環遊世界，學習每個國家的地理，或者歷史，一定比靠著課本上的平面知識學習的效果，來得好上一百倍；因為歷史不再是冷冰無聊的文字敘述，而是可以摸得到的實際經驗，這就是知識生活化，得到絕佳學習效果的最好例子。

但是並非每個孩子都能有此般環境與經濟條件，不過不用擔心，因為科技的發達，使得孩子可以透過電視、網路等科技媒體得到知識生活化的效果。例如觀看旅遊節目、歷史戲劇，或者現在也愈來愈多偶像歷史劇，都可以達到知識與生活作為連結的方式，讓知識就在我們的生活當中。

王文華的【可能小學】將知識生活化，將許多歷史變成一則則校園的生活事件；他把歷史變成故事的情節，不只活化了歷史，還增添現代感，使得現在的孩子也能輕鬆閱讀。於是在市場上獲得廣大的支持——具時代性，新穎的題材，是他的價值。

【可能小學】系列不只將故事生活化，還將故事趣味化，使得在閱讀的過程當中，相當的愉快，沒有壓力，還能嗅聞到歷史的芬芳，絕對是歷史課本的補充教材，或是引導教材的不二選擇。因為它不是教科書，它是寓教於樂的讀物。

更因為它有生活，有故事。

★ 最嚴謹的審訂團隊：延請中興大學歷史系教授周樑楷、輔仁大學歷史系助理教授汪采燁審訂推薦，為孩子的知識學習把關，呈現專業的多元觀點。

★ 最具主題情境的版面設計：以情境式插圖為故事開場及點綴內文版面，讓孩子身入其境展開一場精采的紙上冒險。

★ 最豐富有趣的延伸單元：

- 「超時空翻譯機」：以「視窗」概念補充故事中的歷史知識，增強孩子的歷史實力
- 「絕對可能會客室」：邀請各文明的重要人物與主角對談，透露不為人知的歷史八卦頭條
- 「絕對可能任務」：由專業教師撰寫學習單，提供多元思考面向，提升孩子的邏輯思考能力

《決戰希臘奧運會》

鍋蓋老師把羅馬浴場搬進校園當成學生的水上樂園，卻發現水停了。劉星雨和花至蘭被指派到控制室檢查水管管線，一陣電流竄過身體，他們發現自己來到古羅馬浴場！他們被迫參加古羅馬競技賽，這下該如何安然躲過猛獸的攻擊呢？

《亞述空中花園奇遇記》

鍋蓋老師執導的古文明舞台劇「兩河流域：肥沃月灣」在水塔劇場公演。劉星雨上台表演前在布幕後睡著了。醒來時，發現置身於一個奇妙的空中花園，還遇到亞述國王正在獵第三百頭雄獅。戰火不斷的亞述帝國還有更多奇遇……

《勇闖羅馬競技場》

為了奪得運動會冠軍，劉星雨與花至蘭出發尋找尋寶單上的五個希臘大鬍子男人；才剛通過夜行館的門，兩人卻發現廣場上有正在被老婆罵的蘇格拉底！雖然順利完成任務，卻也被當作斯巴達的奸細，遭到雅典人的追捕……

《埃及金字塔遠征記》

花至蘭和劉星雨拿著闖關卡，準備參加埃及文化週總驗收。才剛踏出禮堂，兩人立刻被埃及士兵綁架，準備獻給尼羅河神。劉星雨還被埃及祭司認定是失蹤多年的埃及小王子！他該如何證明自己的身分，回到可能小學呢？

全系列共 4 冊，各冊 280 元。

可能小學的西洋文明任務

結合超時空任務冒險 × 歷史社會學科知識，放眼國際，爲你揭開西洋古文明的神祕面紗！

「什麼都有可能」的可能小學開課囉！
社會科鍋蓋老師點子多，愛辦活動，
這次他訂的主題是「西洋古文明」——
學校禮堂是古埃及傳送門，尼羅河水正在氾濫中；
在水塔劇場演舞台劇，布幕一換，來到了烽火連天的亞述帝國！
動物園的運動會正在進行，跑著跑著，古希臘奧運會就在眼前要開始了；
老師把羅馬浴場搬進學校，沒想到，眞實的古羅馬競技卻悄悄上演……

系列特色

★ 最有「哏」的校園冒險故事：結合快閃冒險 X 時空穿越 X 闖關尋寶，穿越時空回到西方古文明，跟著神祕人物完成闖關任務！

★ 最給力的世界史入門讀物：補充國小階段世界史知識的不足，幫助學生掌握西洋古文明的發展脈絡及重點，累積國中歷史科學習的先備知識。

任務

歷史百萬小學堂，等你來挑戰！

系列特色

1.暢銷童書作家、得獎常勝軍、資深國小教師王文華的知識性冒險故事力作。
2.融合超時空冒險故事的刺激、校園生活故事的幽默，與臺灣歷史知識，讓小讀者重回歷史現場，體驗臺灣土地上的動人故事。
3.「**超時空報馬仔**」單元：從故事情節延伸，深入淺出補充歷史知識，增強孩子的臺灣史功力。
4.「**絕對可能任務**」單元：每本書後附有趣味的闖關遊戲，激發孩子的好奇心和思考力。
5.國立成功大學臺灣文學系教授、前國立臺灣歷史博物館館長吳密察專業審訂推薦。
6.國小中高年級～國中適讀。

學者專家推薦

我建議家長們以這套書為起點，引領孩子想一想：哪些是可能的，哪些不可能？還有沒有別的可能？小說和歷史的距離，也許正是帶領孩子進一步探索、發現臺灣史的開始。

—— 國立成功大學臺灣文學系教授　**吳密察**

「超時空報馬仔」單元，把有關的史料一併呈現，供對照閱讀，期許小讀者認識自己生長的土地，慢慢養成多元的觀點，學著解釋過去與自己的關係，找著自己安身立命的根基。

—— 國立中央大學學習與教學研究所教授　**柯華葳**

孩子學習臺灣史，對土地的尊敬與謙虛將更為踏實；如果希望孩子「自動自發」認識臺灣史，那就給他一套好看、充實又深刻的臺灣史故事吧！

—— 臺北市立士東國小校長・童書作家　**林玫伶**

暢銷10萬冊
可能小學三度開課

可能小學的愛臺灣

融合知識、冒險、破解謎案，臺灣

什麼事都可能發生的「可能小學」裡，有個怪怪博物館，
扭開門就到了荷蘭時代，被誤認為紅毛仔公主，多威風；
玩3D生存遊戲，沒想到鄭成功的砲彈真的打過來；
連搭捷運上學，捷運也變成蒸汽火車猛吐黑煙；
明明在看3D投影，怎麼伸手就摸到了布袋戲臺！

★新聞局中小學生優良讀物推介

◎系列規格：全彩附注音／ 17 x 22cm ／ 152 頁／單冊定價 260 元

真假荷蘭公主

在可能博物館裡上課的郝優雅和曾聰明想要偷偷蹺課，一打開門卻走進荷蘭時代的西拉雅村子裡，郝優雅因為剛染了一頭紅髮，被誤以為是荷蘭公主，就在她沉浸在公主美夢中時，真正的公主出現了……

鄭荷大戰

課堂上正在玩鄭荷大戰的3D生存遊戲，獨自從荷蘭時代回來的曾聰明，在畫面中竟看見很像郝優雅的紅髮女孩，恍惚中砲彈似乎落在腳邊……這次曾聰明遇見了鄭成功，他問了鄭成功一個他一直很好奇的問題……

快跑，騰雲妖馬來了

上學的路上，郝優雅心情很鬱卒，因為曾聰明居然消失在鄭成功的時代。而且今天的捷運還怪怪的，明明該開到可能小學，下車後卻出現穿古裝的官員，轉頭一看，捷運竟然變成冒著黑煙的蒸汽火車！

大人山下跌倒

可能博物館今天上課主題是布袋戲，郝優雅和曾聰明好奇的摸著3D投影的老戲臺，一轉眼，他們居然跑到了日治時期的廟會現場，舞臺上戲演得正熱，突然日本警察山下跌倒氣沖沖的跑出來，發生什麼事了？

全系列共 4 冊，原價 1,040 元，套書特價 799 元

悠悠蒼鷹探元朝

作　　者｜王文華
繪　　者｜L&W studio

責任編輯｜許嘉諾
美術設計｜林佳慧
行銷企劃｜陳雅婷

發 行 人｜殷允芃
創辦人兼執行長｜何琦瑜
副總經理｜林彥傑
總　　監｜林欣靜
版權專員｜何晨瑋、黃微真

出 版 者｜親子天下股份有限公司
地　　址｜台北市 104 建國北路一段 96 號 4 樓
電　　話｜（02）2509-2800　傳真｜（02）2509-2462
網　　址｜www.parenting.com.tw
讀者服務專線｜（02）2662-0332　週一～週五：09:00~17:30
讀者服務傳真｜（02）2662-6048
客服信箱｜bill@cw.com.tw
法律顧問｜台英國際商務法律事務所 ・ 羅明通律師
製版印刷｜中原造像股份有限公司
總 經 銷｜大和圖書有限公司　電話：（02）8990-2588

出版日期｜2015 年 11 月第一版第一次印行
　　2021 年 2 月第一版第二十次印行
定　　價｜280 元
書　　號｜BKKCE016P
ISBN ｜ 978-986- 92261-5-8（平裝）

訂購服務
親子天下 Shopping ｜ shopping.parenting.com.tw
海外 · 大量訂購｜parenting@cw.com.tw
書香花園｜台北市建國北路二段 6 巷 11 號　電話（02）2506-1635
劃撥帳號｜50331356 親子天下股份有限公司

立即購買 >

國家圖書館出版品預行編目資料

悠悠蒼鷹探元朝 / 王文華文 ; L&W studio 圖 .
-- 第一版 . -- 臺北市 : 親子天下 , 2015.11
144面 ; 17×22公分 . -- (可能小學的歷史任務 . II ; 4)

ISBN 978-986- 92261-5-8 (平裝)

859.6　　104019881